3P《スリーパーソンズ》

Rena Shuhdoh

愁堂れな

CHARADE BUNKO

Illustration

大和名瀬

CONTENTS

3P《スリーパーソンズ》

1

「……っ」

佳樹《よしき》の突き上げが一段と激しくなったとき、僕は耐えられず一足先に達してしまった。

「姫、ちょっと早いんじゃない？」

ひょい、と上から覗《のぞ》き込んできた神部《かんべ》の手が伸び、勃《た》ちきった僕の両胸の突起を掌《てのひら》で擦《こす》り上げる。

「や……っ」

達したばかりで敏感になっている身体《からだ》は僕の意志に反してびくん、と大きく震えた。

「ほら、気ぃ散らすなよ」

ぴしゃ、と尻《しり》を叩《たた》かれ、僕が目を向けた先で佳樹が再び激しく腰を使い始める。

「……ん……」

早く終わってくれないかな、と思ったのが顔と態度に出たからだろうか、佳樹は意地になっているかのようにしつこく突き上げ続けた。が、すでに絶頂を迎えてしまった僕は、抱え上げられた脚が辛《つら》いなとしか思えず、次第に苦痛にすらなってきた彼の動きに眉《まゆ》を顰《ひそ》めた。と、そのとき、

「佳樹、お姫様はもうギブアップだってよ」

神部が僕の胸から手を離し、佳樹の肩を小突く。

「……ちぇ」

佳樹はじろりと神部と僕を一瞥《いちべつ》すると、僕の後ろから勃ちきったそれを抜いてくれた。

「お前がちょっかい出すからだろ？」

恨みがましく神部を睨《にら》む佳樹に、

「ちゃうちゃう。いっちゃったほうが先だよ」

神部は笑うと、ね、と僕の顔を見下ろした。

「……だから言ったろ？　疲れてるって……」

僕は溜《た》め息《いき》をつきながら起き上がり、彼らに脱がされた下着を探してあたりを見回した。すぐ近くに落ちていたそれに手を伸ばしかけると、

「何？　もうやめようってわけ？」

いきなり横から神部の手が伸びてきて僕のトランクスを摑《つか》み、ぽおん、と部屋の隅まで放り投げた。

「おい!?」

冗談じゃない、と僕がそれを追いかけ両膝《りょうひざ》をついたところを、

「早いよなあ」

後ろから伸びてきた佳樹の手が僕の腰を捉《とら》えて自分のほうへと引き寄せる。

「待てよ今度は僕だろ?」

「まだ俺は終わっちゃないよ」

「そりゃ配分間違いで自業自得ってもんでしょう」

僕そっちのけで二人の間で小競り合いが始まる。

「だから、疲れてるんだってば」

聞けよ、と大きな声を上げ、佳樹の手から逃れようと身体を捩《よじ》った僕に、二人の視線が集まった。

「お疲れ、となれば仕方がない」

神部が肩を竦《すく》め、佳樹を見る。

「そうだな……一回ずつは無理かもな」

佳樹も、わざとらしく眉を顰め、うんうんと神部に向かって頷《うなず》き返す。わかってくれたのか、と僕がほっと安堵《あんど》の溜め息をついた直後に、

「ご一緒しますか」

「そうしましょう」

二人はさらに過激なことを言い出したものだから、僕は思わず、

「いい加減にしろっ」

手足をばたつかせながら、そう叫んでしまったのだった。

僕、姫川悠一《ひめかわゆういち》と佳樹こと中村《なかむら》佳樹、それに神部直人《なおと》の三人は大学時代の部活仲間だ。W大競走部で長距離を走っていた僕たちは、四年前、大学三年のときに一緒に箱根《はこね》駅伝に出場したこともある。

そのとき、僕が七区でいわゆる『ブレーキ』になってしまい、僕たちの母校は往路一位だったにもかかわらず、復路では五位、総合優勝も逃した。足の痛みを堪《こら》えて走ったのが悪かったのか、僕はそれから膝を壊してしまい競走部を辞めたのだが、佳樹と神部も僕に付き合うようにして同時に退部してしまった。

「なんで?」

部長も先輩も、部の人間は皆驚いたが一番驚いたのは僕自身だった。

「お前と走りたかったからさ」

そう言って笑った佳樹は、箱根の往路で新記録を出したため、数社から卒業後はウチに、とスカウトが来るほどの優秀なランナーだった。

「そうそう、入部も一緒なら退部も一緒、ってね」

そう言う神部はそのとき副主将を務めていた。

「馬鹿言うなよ。もったいないじゃないか」

僕がいくら二人に言っても、辞めるもんは辞める、と二人とも聞かず、結局僕たちは三人して部を辞め、いきなり直面しなければならなくなった——部のOBや監督のコネをまるで使えなくなったために——就職活動に追われる毎日となった。

一年後、僕は親のコネで中堅の電機メーカーに就職が決まり、神部はなんと司法試験に合格し、佳樹は院に進むことになった。

駅伝の代表選手に選ばれながらにして、彼らの取り柄は『走ること』だけではなかったのだ。二人とも進学校から普通に受験したのだと以前聞いたことがあった。スポーツ推薦入学の僕とは頭の出来が違うと思ってはいたものの、ここまで差があったとは、と当時僕はなんだか複雑な思いを抱いたものだ。

そう——僕こそ、『走ること』以外に何ひとつ取り柄がない男だった。中学の頃から『才能がある』という周囲の言葉に踊らされるがままに僕は毎日走り続けた。毎年正月にテレビ中継される『箱根駅伝』に出ることが、いつからか僕の夢になった。

高校の陸上部の顧問と、クラスの担任が僕のその『夢』の実現に力を貸してくれた。僕は推薦で、ほぼ毎年駅伝に出場するW大に入学することができ、それからの三年間、ひたすら代表選手になることだけを考え走り続けていた。

せっかく入った大学でも、僕は授業では寝てばかりいたし、同じゼミの友人に「合コン行こうぜ」と誘われても、夜遅くまで起きていることで体調を崩したくないと断り通していた。さすがに天下のW大だけのことはあり、代表選手の壁は厚く何度も挫折《ざせつ》しかけたが、努力あるのみ、と必死に歯を食いしばって頑張り続けた。

神部がまず二年でレギュラーの座を手にし、三年に上がって佳樹がすぐにレギュラー入りした。同じ学年から二人もレギュラーが出たことで僕は焦り、無茶なトレーニングを続けた。そのせいだろうか、先輩の故障で急遽《きゅうきょ》本番に出られることが決まったときには、実はコンディションは最悪だった。

断ろうかな、と思ったが、この機会を逃すと二度と箱根を走れないかもしれない、という思いが僕を突き動かし、無理やり出場した結果は――『ブレーキ』の上に、僕の足は走ることすらできなくなってしまった。

佳樹と神部が僕に付き合って部を辞めたのは、『走ること』を失った僕を見るに見かねたんじゃないか、とずいぶんあとになってから気づいた。

唯一の取り柄、唯一の生きがいを失ってしまった僕は、退部してすぐはまるで抜け殻のようで、何ひとつ、それこそ腕すら上げるのも億劫《おっくう》だ、というくらいに気力を失っていた。

そんな僕に就職活動をする気を起こさせ、日々のちょっとした楽しみに目を向けさせてくれたのは佳樹と神部だった。

もう体調を気にする必要もないから、と僕たちは酒を飲み、夜遅くまでよく三人で騒ぎまくった。沈みがちになる僕の心をなんとか浮上させようと、二人はかなり気を遣っていてくれたのだろう。それに気づいた頃には僕もすっかり立ち直り、『走ること』以外に何か生きがいを見つけようと考えられるようになっていた。

それもこれも皆この二人のおかげだ、と僕はどれだけ彼らの『友情』に感謝したことか。

その『友情』が形を変えたのは――大学卒業前に三人でスキーに行った、あのコテージでの出来事だった。

司法試験に受かった神部は、弁護士ではなく検事を目指すと言った。最初の赴任地は地方になるに違いない、あまり会えなくなるから最後に皆で旅行しよう、と誘われたときには、まさかこんなことになろうとは、僕は少しも想像していなかった。

宿泊したコテージで、僕たちは持ち込んだ酒を飲みまくり、皆かなり酔っぱらっていた。せっかくだからビデオでも観《み》ようぜ、と面白がって有料チャンネルを観始めたのは深夜を回った頃だっただろうか。数年前のものらしい、古いビデオの映像を笑いながら観ていたが、酔いも手伝って映画が進むにつれ、次第に興奮した雰囲気が僕らを取り巻き始めた。

「なんだお前、勃ってんじゃん」

あはは、と笑いながら佳樹が僕の雄をジーンズ越しに摑んできた。

「佳樹だって」

ほら、と僕が彼の股間《こかん》にも同じように手を伸ばそうとしたとき、

「僕が抜いてやるよ」

反対側から神部の手が伸びてきて、佳樹の手の上から僕を握りしめた。

「やめろって」

最初は——笑っていたのだ。三人とも確かに笑っていたはずなのに、気づけば僕は床へと押し倒され、無理やりジーンズを剝《は》ぎ取られてしまっていた。

「おいっ」

やめろ、と言う前に神部は直《じか》に僕を握っていた。僕の上半身を床へと押さえつけていた佳樹が僕のセーターを捲《めく》り上げ、胸の突起を擦ってくる。

「やっ……」

ぞくりとした感触が僕の背筋を駆け上った。実はそれまで『走ること』にかまけすぎていたために、僕はまだ童貞だった。

自慰しか知らない僕の雄が、神部の巧みな手淫《しゆいん》で一気に昂《たか》まり、熱く硬くなってゆく。大きな掌で僕の胸を擦りながら、時折胸の突起を引っ搔《か》くように刺激する佳樹の手にも、僕は

いちいち反応した。

「あっ……やっ……」

抵抗する気力は大きな快楽の前にすでに消失していた。神部が僕を口に含んだときには、声を抑えられず、全身を震わせて生まれて初めて得たその快感に酔った。

知らぬ間に僕は全裸にさせられ、彼らの手が、唇が、舌が、僕の全身を這《は》い回る快楽に身体を預けていた。絶頂は何度も来た。インターバルを置かずに彼らは僕を攻め立て、僕の意識を飛ばした。

あまりにも優しい四本の手が身体を、顔を、髪を、慈しむように撫《な》で回すその感触に、いつにない充足を感じながら、僕はそのまま気を失ってしまったようだった。

翌朝、全裸のまま目覚めた僕は、僕を挟んで寝ていた彼らをかわるがわるに見ながら、これから一体どういう顔をして付き合っていけばいいんだ、と一人頭を抱えてしまった。が、直後に目覚めた二人は、普段とまったく変わらぬ様子で、

「おはよう」

と僕に笑いかけてきた。

「おはよう」

答えた途端、佳樹の手が僕の雄を握った。

「……」

思わず絶句し、彼を見やると、後ろから神部が抱きついてきた。

「……なっ……」

身体を捩って彼らの手から逃れようとした僕に、佳樹が、僕を扱《しご》きながら、口調だけは普段のままに尋ねかける。

「今日はどうしようか」

「スキー、する？　このままロッジにいる？」

神部もくすくす笑いながら、僕の首筋に唇を這わせ始めた。

「なに……」

やってんだよ、と言う声がまた快楽に掠《かす》れていく。

「『Don't Disturb』の札、かけとけよ」

佳樹が僕越しに神部に言うと、

「はいはい」

神部は仕方なさげに僕の身体を離し、ドアへと向かった。

「おいっ」

僕が神部の姿を目で追っている間に佳樹は身体をずりずりと下へ移動させると、手に握っていた僕をすっぽりと口に咥《くわ》えてしまった。

「朝から元気だねえ」

神部が呆《あき》れたように笑いながらベッドに戻ってくると、唇を噛《か》みしめ、声が漏れるのを耐えている僕の顔を覗き込み、つうっと指を僕の裸の胸に滑らせた。昨夜《ゆうべ》と同じような状況が繰り広げられつつあることに、戸惑いと同時になぜか異様な興奮を感じてしまい、結局僕はそのまま彼らの間で、再び大声で喘《あえ》ぎ続けてしまったのだった。

「ずっとこうしてみたかった」

チェックアウト直前に、ロッジで彼らはようやく、僕に為した行動について言及してきた。

「姫が嫌だったらもうしない」

神部の目が笑っていたのは、すでに僕が『いや』とは言えない状況であることを見抜いていたからに違いなかった。

「…………」

否――そこまでの余裕はなかったのかもしれない。僕がしばらく黙り込んだあと、

「……なんでだよ」

ぽつりと呟《つぶや》いたとき、彼は僕が口をきいたことに対し、あからさまな安堵の表情をクールなその顔に浮かべた。

「何が?」

横から佳樹がぼそっと尋ねてくる。

「……なんであんなこと……」

「決まってるじゃないか」

くす、と神部が笑い、佳樹も苦笑した。

「え？」

思わず問い返した僕に、彼らはそれぞれに、

「好きだ」

「好きだから決まってるじゃないか」

そう告げ、な、と二人して目を見交わした。

「すきって……」

唖然《あぜん》とする僕に、彼らはまた、な、と互いに目を見交わし笑う。

「好きって……」

そんなことを言われても、と思いはしたが、不思議と嫌悪感が芽生えないことに戸惑いを覚えつつ、僕は呆然《ぼうぜん》と彼らを見つめていた。

それから、彼らとの新しい関係が始まった。

それぞれ新しい環境に慣れないこともあり、実際会えるのは一月に一、二度だったけれど、三人がまったく会わない月はなかった。互いの職場の、院の愚痴を零《こぼ》しながら酒を飲み、酔いに任せて彼らに身体を預けるのが『習慣』になりつつあることを受け入れてしまったときから、僕は彼らとの関係を肯定し、自らものめり込んでいった。

僕が実際に彼らに『抱かれた』のは、ずいぶん時間が経《た》ったあとのことだった。

「最初は痛いっていうからさ」

申し訳なさそうに言いながら、彼らは本当に丁寧に丁寧に僕の身体を扱った。苦痛が快楽になるまでの間、二人は決して無理はしなかった。

それだけ大切に思われていることに擽《くすぐ》ったいような気持ちになりながらも、嬉《うれ》しい、と思うのもまた事実で、僕はできるだけ苦痛を隠し、彼らに気を遣わせないようにすらしていた。

あれから三年――佳樹も無事に就職し、神部は地方を彷徨《さまよ》ったあと、今は横浜《よこはま》地検にいる。三年の間、僕たちの関係は変わらなかったが、行為はかなり『進化』した。

彼らに慣らされた僕の身体は、彼らの欲望を容易《たやす》く受け入れ、自らも快楽を得られるようになっていた。それがわかると、彼らは今まで我慢していた分とばかりに、次第に行為をエスカレートさせた。

最初は尻込みしてしまった僕も次第に彼らの要求に応《こた》えられるようになり、僕たちはとても他人には言えないような行為に――もちろん、今までの「行為」もとても人に言えるようなものではないが――耽《ふけ》ることに、抵抗を覚えなくなっていた。

「一緒は嫌だよ。明日腰が立たなくなる」

出張だって言ったろ、と僕は二人が伸ばしてくる手を払いのけ、嫌な顔をしてみせた。

「またまた」

「好きなくせに」

にやにや笑いながら彼らは僕をベッドの上で追い込むと、上下から覆い被《かぶ》さってきた。

「もうっ……」

やめろって、と言うより前に神部が後ろから僕を抱きしめる。僕の身体を自分の上に導きながら、佳樹が僕の後ろを指で再びかき回し始めた。

「ほら、もう熱くなってんじゃん」

言われるとおり、僕のそこは彼の指を追いかけるように、ひくひくと収縮していた。

「好きだねえ」

くすくす笑いながら、僕の胸の突起を引っ張り愛撫《あいぶ》する神部の動きに、僕の身体はびくびくと震えた。

「さ、力抜いて」

佳樹が囁《ささや》き、勃ちきった自分の雄を僕の中へと収めてゆく。

「あっ……」

先ほどまでそれを受け入れていたそこは、少しの物理的抵抗は見せたがやがてずぶずぶと根本まで佳樹を咥え込み、充足感に熱く滾《たぎ》った。

「まだ早いって……締めつけんなよ」

掠れた声で囁きながら、佳樹が僕の胸を下から支える。

「じゃ、僕もいきますか」

それが合図とでもいうように、神部は僕の胸から手を退《の》けると、僕の双丘を摑んだ。

「入るかなあ?」

「ぁんっ……」

声が漏れたのは、胸の突起を佳樹に嚙まれたからだ。

「……きれーな色……」

捲り上げるようにして僕の後ろを押し広げ、神部が自分のそれを捻《ね》じ込もうとしてきた。

「痛っ……」

勢いでいこうとする神部の性急な動きに、僕の口から悲鳴が漏れる。

「落ち着けよ、神部。ほら、姫川も力、抜いて……」

佳樹は僕の胸から唇を離してそう言うと、再び僕の胸の突起に音を立ててしゃぶりついた。

「や……っ」

僕の身体から力が抜けたのを見計らい、神部がずい、と腰を進める。

「………っ」

僕が身体を仰《の》け反らせたときには、二本の雄はしっかりと中まで挿入されてしまっていた。

「キツいよ……これじゃ、動けない」

「……無理っ……」

歯を食いしばってあまりの質感に耐えている僕の後ろから、

「無理じゃないでしょ」

と神部が手を伸ばしてくる。僕の雄を握り込み、ゆるゆると扱き上げる彼の手と、胸を佳樹に舐《ねぶ》られる感触が、次第に僕を昂めてゆく。

「いい感じじゃない？」

「動くか」

僕の腰を下から支えていた佳樹がまず、突き上げを始めた。

「じゃ、僕も」

その動きにあえて逆らうように神部も腰を使い始める。中を絶え間なく彼らの雄のかさの張った部分で抉《えぐ》られ、僕はたまらず悲鳴のような声を上げると身体を落とし、佳樹の首に縋《すが》りついた。

「重いよ」

苦笑したものの佳樹は僕の背に両腕を回して抱きしめてくれる。

「なんか狡《ずる》いな」

なおも激しく腰を動かしながら神部が息を乱して笑い、僕の雄を扱くスピードを速めた。

「もうっ……やあっ……もうっ……もうっ……ああっ」

自分の声じゃないような、大きな声が遠くで聞こえる。

「すごいな」

「大丈夫か、おい」

言いながらも二人は動きを次第に速め、僕が神部の手の中で達した直後に同時に僕の中で果てたようだった。

「やあ……っ」

「いてて……そんなに締めつけるなって」

興奮し佳樹の首に齧《かじ》りついた僕の身体を後ろから抱きしめながら、神部が僕の耳元でクレームをつける。

「……あ……ん……」

耳朶《じだ》に息がかかるだけで再び身体がびくんと震える。

「やっぱり好きなんじゃないか」

それを感じたのか、佳樹はくすくす笑うと、僕の背筋を撫で上げた。

翌朝、やはり腰が立たなくなった僕を、佳樹は駅まで送ってくれた。

「覚えておけよ」

彼を睨みつけたあと、僕は名古屋《なごや》に向かう新幹線に乗り込んだ。

まさかその地で、僕ら三人の関係を大きく揺るがす男に会うことなど、もちろんそのときの僕は予測することもできず、疲れ果てた身体を少しでも休めようと、名古屋までの二時間を眠るべくシートに深く身体を沈めたのだった。

2

名古屋の客先への出張は今回二回目だった。前回顔合わせだったはずが、先方の担当者が病欠していたのだ。その後商談は電話で進み、今は価格ネゴに入っていた。

　東京からわざわざ出向かなければならないほどの大きな取引先であるこの会社の担当者は、電話で話す限りそれほど横柄でもなく、どちらかというと腰が低くて感じよかった。

　しきりに先般の自分の病欠を詫《わ》びていた声の感じでは同じ年くらいかな、と予想していたのだが、実際会社を訪ね通された応接室で向かい合った彼は——山田浩貴《やまだひろき》氏は、今年入社二年目、僕より入社が一年下のなかなかの好青年だった。

「本当に先日は申し訳ありませんでした」

　ラガーマンかな、と思うようなガタイのいいその身体を縮めるようにして僕の前で頭を下げる彼に、僕は好感を持った。

「いえいえ、お風邪《かぜ》だったとか……大丈夫でしたか？」

「ええ、ほんと、『馬鹿は風邪をひかない』を地でいってたんですが、今回ばかりは熱が四十度近く出まして」

「四十度⁉」

恐縮する彼に、驚いて大きな声を上げると、

「いや、ちょっとオーバーに言いすぎました。三十八度五分くらいです」

慌てたように山田氏が言い直したものだから、僕は思わず笑ってしまった。

「ふっかけましたね」

ふざけて睨む真似《まね》をすると、

「コッチじゃ、しっかり勉強させていただきます」

山田氏も机の上の見積書を示しおどけてみせた。

「期待してます」

僕もおどけて笑ったあと、そろそろ商談に入ろうと口を開きかけたそのとき、

「あの……」

山田氏が見積書の表紙に手を置いたまま、僕の顔をまじまじと見つめ問いかけてきた。

「はい？」

あまりに真っ直《まっす》ぐな視線にたじたじとなる僕に、山田氏は一瞬の逡巡《しゅんじゅん》を見せたあと、思いもかけない言葉を口にし、僕を仰天させた。

「もし、間違ってたらすみません。姫川さんて、W大で競走部じゃありませんでした?」

「はい?」

「お名前を伺ったときに、もしかして、と思ってはいたんですが、お顔を拝見したらやっぱりそうじゃないかと……」

僕の驚きが伝染したように山田氏もまたしどろもどろになる。

「そうですが……?」

一体なぜ僕のことを知っているのだろう。どこかで会ったかな、と思いながら僕もまじまじと彼の顔を見返した。

「ああ、やっぱり」

途端に山田氏の顔が笑顔に綻《ほころ》んだ。眩《まぶ》しいほどに白い歯が口元から覗き、爽《さわ》やかだな、と僕は一瞬その輝きに見惚《みと》れた。

「ファンだったんですよ。僕」

「ファン??」

さらに意外な山田氏の言葉に、僕は我に返る間もなく、素《す》っ頓狂《とんきょう》な声を上げてしまった。

「四年前、箱根駅伝に出られたでしょう? テレビでずっと見てたんですが、あのときの……」

興奮したように山田氏は話し始めたが、僕が不審さから眉を顰めたのに気づくと、

「あ、すみません」

途端にバツの悪そうな顔をして黙った。

「いえ……」

僕は彼に笑顔を向けようとしたが、我ながら引きつった笑いになってしまった。

四年前の駅伝——箱根に出たのはあの一回限りだ。彼が見たのは僕が七区でブレーキになった、あの姿だろう。いや、それを見て『ファン』になったなどと言うわけもないから、もしかしたら単なる勘違いか——どちらにしろ、当時の話題は僕にとってあまりありがたいものではなかった。

それが顔に出てしまったのだろう、山田氏はますますバツの悪そうな顔をして俯《うつむ》いたが、やがて思い切ったように顔を上げると、

「お気に触ったら本当に申し訳ありません。でも、本当に僕はあのとき、あなたのファンになってしまったんです」

なぜにそんな大きな声で言うのだ、というような大声でそう言い放った。

「はい⁇」

まず声の大きさに驚き、次に言われた内容に驚いた。一体彼は何を言ってるのだろう、と僕まで大きくなってしまった声で問い返すと、

「あの七区で、必死に走っている姿に目が釘《くぎ》づけになりました。苦しそうなのに絶対に諦《あきら》め

ようとしないで、少しでも前へ前へと足を運ぶその姿を、テレビの前で僕は一生懸命応援してました。皆がゴールし終わったあと、あなたが泣いていらっしゃるのも本当に印象的でした。僕も一緒になって泣いてしまったくらいです。本当に僕は……」

山田氏はそこまで一気にまくし立てると、唖然としている僕に向かって、ずい、と身を乗り出し、

「あのとき、あなたのファンになってしまったんです」

と、あまりにも真剣な顔で告げたのだった。

「はあ……」

僕はすっかり毒気を抜かれてしまい、なんと答えたものかと、きらきら光る目で僕を見つめる山田氏を見返していた。

七区ということまで覚えているところをみると、彼が『ファン』になったのは確かに僕なのだろう。

しかし人はわからないものだ。あのとき、テレビを観ていた誰《だれ》もが——特に大学関係者や同窓生は、僕に怒声を浴びせているものだとばかり思っていた。まさかあんな情けない姿を見て『ファン』になった、と言われるとは本当に予想外以上に予想外で、礼を言うべきなのかな、ということに考えが至ったのは、彼が我に返ったように、慌てて居住まいを正し、照れた様子で頭を掻いたあとだった。

「すみません、取り乱しまして」

「いえ……」

僕も慌てて首を横に振ると、話題を仕事へと持っていこうと視線を彼の手元の見積書へと落とした。

『ファン』――ファンってなんだよ、と呆れながらも、なぜか僕はひどく動揺してしまっていた。久々に当時を思い出してしまったからだろうか。自分の中ではすっかり決着がついているはずだったのに、改めて他人からあの『ブレーキ』の話を聞かされただけで、こんなにもやりきれない思いを抱いている自分がいる。

情けない話じゃないか、と心の中で溜め息をつき、僕はそんな思いを振り切ると、努めて冷静な声を出し、商談を始めようとした。

「では、本題に入りましょうか？」

「はい」

山田氏も神妙な顔をして見積書を開いたが、見積に押してある僕の印鑑を見るとしみじみした口調になり、僕に微笑《ほほえ》みかけてきた。

「ああ、本当に姫川さんなんですねえ」

「……ええ」

他《ほか》にリアクションのとりようもなくて、僕は愛想笑いを浮かべ、用もないのに手帳を取り出して中を見るふりをした。彼の目が輝けば輝くほど、なんだかいたたまれない気持ちに追い込まれてゆく。それは一体なぜなんだろう、と心の中で首を傾《かし》げながらも、今は仕事中だろう、と気を取り直し金額の話をしかけたそのとき――。

「もう、走ってはいらっしゃらないんですか？」

山田氏にとってはまったく罪のない一言だったのだと思う。僕があれから故障し退部した、などということを彼が知るわけがないからだ。だがそのときの僕には、そう思うだけの心の余裕がなかった。

「走れませんから」

ぶっきらぼうに言い捨てた僕の顔に、彼の驚いたような視線が刺さったのを感じたが、顔を上げることはできなかった。

「それじゃ、前回ご提示させていただいた金額についてなんですが」

俯いたまま彼の前の見積書の数字を見ながら、僕はできるだけ事務的な口調で話し始めたが、自分でも嫌になるくらい語尾が震えてしまうのを抑えることはできなかった。

「走れない？」

山田氏がぱたんと見積書を閉じる。表紙のあて先に書かれた彼の社名がひどく滲《にじ》んで見えた。あんな滲んだ状態で提出したのだったら、ゴム印を押したアシスタントの女性にクレームをつけなきゃな、と思った途端、机にぽたぽたと水滴が落ち、僕はびっくりして思わず顔を上げ、山田氏を見やってしまった。山田氏も驚いたように僕のことを見つめている。

机に落ちた水滴が自分の涙だということに気づいた僕は慌てて頬《ほお》に手をやった。

「姫川さん?」

痛ましそうに眉を顰める山田氏に、僕は、「なんでもありません」と答えようとしたが、口を開くと嗚咽《おえつ》の声が漏れそうになり、慌てて唇を噛んだ。

「……あの?」

山田氏が自分の座っていた椅子《いす》から立ち上がり、テーブルを回り込んでくる。上座のソファの真ん中に座っていた僕の傍らに山田氏は腰を下ろすと、心配そうに僕の顔を覗き込んできた。

「……僕のせいですか?」

「……」

いえ、と首を横に振ったとき、ぽたぽたとまた涙が落ちた。

「申し訳ありません」

手の甲で涙を拭《ぬぐ》いながらなんとか声を絞り出し、頭を下げた僕の目の前に、白いハンカチが差し出される。

「申し訳ないのは僕のほうです」

僕の手を取りそのハンカチを握らせてくれた山田氏は、真摯《しんし》な表情のまま僕の前で頭を下げた。

「ご事情がおありなのを少しも気づかず、一人ではしゃぎすぎました。本当に申し訳ありません」

「いえ……」

渡されたハンカチで涙を拭っているうち、ようやく落ち着きを取り戻し、僕は、はあ、と大きく息を吐くと、いつまでも僕の前で頭を下げ続けていた山田氏の腕を摑んで顔を上げさせた。

「事情、と言いますか、あのとき足を痛めてしまったせいで、もう走れなくなったのです。部も辞めまして、今は陸上にはかかわっていないんですよ」

正直に事情をすべて打ち明けたのは、真摯な態度には真摯に対応しなければならない、と思ったからだった。が、僕の言葉を聞いた山田氏はますます申し訳なさそうな顔になり、再び僕の前で深く頭を下げた。

「本当に申し訳ありません」

「いえ、もう、全然気にしていませんから……」

気にしてないのに泣く自分もどうかしていると思わないでもなかったが、そんな矛盾にかまけてはいられない。僕は彼に負けじと深く深く頭を下げ返した。

「本当に……お恥ずかしい限りです」

本当に――恥ずかしかった。取引先の応接室で泣くなど、一体僕は何をしに名古屋まで来たのだろう。

商談をしに来たんじゃないのか、どうなってるんだ、と気持ちを切り替え、顔を上げると、山田氏も申し訳なさそうな表情は崩さぬままに顔を上げ僕を見返してきた。

「それじゃそろそろ、仕事の話をしましょうか」

言いながら僕は手の中のハンカチへと目をやった。このまま返すのも何か、と思い、

「これ、洗ってお返ししますので……」

と自分のポケットに仕舞おうとした。

「ああ、いいですよ。別に」

山田氏が慌てて僕の手からハンカチを取り上げようとする。

「いや、洗わせてください」

「構いませんて」

ちょっとした諍《いさか》いのようになったその最中、なんの拍子か山田氏がぎゅっと僕の手を摑んだものだから、僕は驚いて彼の顔を見上げてしまった。

「あ、失礼」

途端に頬を赤らめ、僕の手を離した山田氏の隙《すき》をついて僕はハンカチをポケットに仕舞うと、彼に笑いかけた。

「次回、お持ちしますので」

「いいのに……」

山田氏は困った顔をしたが、やがて笑顔になると、照れたように笑った。

「僕たち……何やってるんでしょうね」

「本当に……」

笑顔の下、彼の白い歯が零れる。眩しいな、と僕は再びその輝きに見惚れてしまったのだが、そんな自分に気づいた途端、彼を直視しているのが憚《はばか》られ、何気なく目を逸《そ》らせたのだった。


それから三十分ほど打ち合わせをし、僕は山田氏の会社を辞した。次回のアポは来週の金曜日、場所は東京になった。

「ちょうど上京する用事がありますから」

山田氏にそう言われては断る理由もなく、金曜日の五時に彼が当社に来るということと、そのあとの飲みの約束まで取りつけられてしまった。本来、こちらが出向くべきなのにわざわざ訪ねてもらうのは悪い、と僕はホテルの手配を申し出、また連絡しますと言い席を立った。

「お恥ずかしいところをお見せしまして」

別れしなにそう詫びると、山田氏は「こちらこそ」と僕より深く頭を下げたあと、恐縮している僕に向かってにこりと笑い、また白い歯を見せた。

「お会いできてよかったです」

「こちらこそ」

社交辞令で答えた僕に、山田氏は照れた顔になると、

「まるで初恋の人に会えたような、そんな気持ちです」

冗談交じりの口調でそう言い、握手を求めてきた。彼の手を握ったとき、あまりの熱さに驚いて顔を見ると、

「ほらね。緊張のあまり汗かいてるでしょ」

山田氏は笑いながらぎゅっと僕の手を握りしめた。

「はは」

リアクションに困った僕は笑うしかなかった。数秒手を握り合ったあと離した手は、彼の熱を受けて少し熱くなっているような気がした。

それから僕は数件名古屋の客先を回り、夕方五時台の「のぞみ」で帰京した。名古屋くらいの距離だと宿泊出張は認められない。経費削減もいいが明日も朝早くから普通に出勤なんだよな、と思った途端、身体のだるさを思い出し、僕は大きく溜め息をついた。

静岡《しずおか》を過ぎたあたりで、真っ暗になった車窓の風景を眺めているうち、僕はなんだかかた

まらない気持ちになってしまい、ほぼ満席の車内を通り抜けデッキに出た。携帯を取り出し、まず佳樹の番号にかけてみる。

『こちらはＮＴＴドコモ留守番電話サービスです』

留守電か、と僕はメッセージも残さずに電話を切ると、今度は神部の番号を呼び出した。

『どうした？』

二コールで出た彼の物憂《ものう》げな声に、急速に気持ちが落ち着いてくるのを感じながら、僕は今、自分が移動中であることを告げ、

「これから会えないかな」

と問いかけた。

『佳樹は？』

「留守電」

『ああ、やっぱりかけたんだな』

苦笑するように笑った神部の本意を尋ねようと口を開きかけた僕の顔がまるで見えたかのように彼は、

『新横で降りろ。迎えに行ってやる』

そう告げ、電話を切った。僕はそのままドアへと向かい、窓ガラスに額をつけ外を眺めた。ちょうど畑の傍《そば》を走っているのか、目の前は真っ暗で遠くに家々の灯《あか》りがぽつぽつ見える寂

しい風景が延々と続いている。

寂しい——いや、寂しい、というよりは——。

暗闇《くらやみ》の中、僕はぼんやりと、あの箱根の七区を走ったときのことを思い出していた。

あのとき、息苦しさと手足の重さで僕は真っ暗な闇の中を走っているような錯覚に陥っていた。少しでも気を抜くと足が止まってしまいそうだった。差し込むような脇腹《わきばら》の痛み。少しも持ち上がらない太腿《ふともも》。大きく身体がぶれていることに気づいても自力で修正することもできず、僕はただただ道路の白いラインを横目に見ながら足を前に進めるしかなかった。

生まれて初めて怖い、と思った。走ることが。息をすることが。足を止めることが——何をするのも怖くて、それこそ泣き出しそうになりながら、僕は朦朧《もうろう》とした意識で走り続けた。

他校のランナーに抜かれたのも最後にはわからなくなっていた。自分のチームのユニフォームを見た瞬間——それは次に走る神部の背中だったのだけど、僕はようやく生き返ったような気持ちになった。彼の背中が眩しかった。神など信じたことはなかったが、神々しいまでの光が彼の背中を照らしているかのように見えた。襷《たすき》を渡したとき、

「よくやった!」

と叫んで走り出した彼に、僕はごめん、と言えたのだったか——監督の腕の中に倒れ込んだまま一瞬意識を失った僕を、周囲は心配そうに取り囲み、やはり「よくやった」と声をかけてくれた。

誰一人、僕のブレーキを責める人間はいなかった。が、そのことが同時に僕をひどく傷つけていたことも事実だった。

僕は——責められたかったのかもしれない。

お前のせいだと、馬鹿じゃないか、最低だ、と罵《ののし》られたかったのかもしれなかった。皆の温かな言葉に僕は逆に追い詰められるのを感じていた。

謝罪は温かく受け入れられ、涙は励ましの声に迎えられた。違うのに——許されないことを僕はしたのに、あまりに簡単に許されただけでなく、労《いたわ》りの言葉までかけてもらうことに、僕は逆にひどい苛立《いらだ》ちと、やりきれない切なさを覚えた。

スポーツマンシップだったのだろう。決して偽善でも、虚飾でもなかったその優しさに、弱い僕は逆に耐えられなくなったに違いなかった。

ゴォ、と音を立てて新幹線がトンネルに入り、僕は短い思考から醒《さ》めた。窓ガラスに映る自分の顔を見ながら無意識に頬へと手をやる。

『初恋の人に出会ったような気持ちです』

山田氏の照れたような笑顔と、あまりにも白い歯が僕の脳裏を掠めた。

「初恋か」

目の前のガラスに映る白い顔の唇が動いた。冗談だったんじゃないか、と僕は苦笑し、再びコツンと額をガラスにつけた。物理的な冷たさが心地《ここち》よい。

なぜ彼の前で僕は泣いてしまったのだろう。ちらと浮かんだ思考を振り落とすように頭を振ると、僕は勢いをつけて凭《もた》れていたドアから離れ、少し寝ようと自分の席に戻った。


「よお」

新幹線の改札で神部は待っていてくれた。

「お待たせ」

「どこに行く?」

問われて少し考えたあと、僕は彼から顔を背け、ぶっきらぼうに答えた。

「お前の家」

「……」

神部の視線が一瞬僕の顔の上で止まったのがわかる。何か言われるかな、と思ったが、彼はすぐに「了解」と笑うと、僕の背に腕を回し、こっちだ、と駐車場へと向かった。

「メシは?」

「腹減ってない」

「なんか食えよ」

「神部は？」

運転席の彼に問い返すと、まだだという。

「じゃあ食うか」

溜め息をついた僕の頬に彼の左手が伸びてきた。

「何？」

自分の頬を捉えるその手を握りしめて彼を見る。

「……何があった？」

神部は問いかけながら、僕の唇に唇を寄せた。

「危ないよ」

前向けよ、と顔を背けた僕に軽くキスしたあと、すぐに唇を離すと彼は、

「じゃ、行きますか」

と笑ってアクセルを踏み直し、車を加速させた。

新横浜《しんよこはま》の駅から車で三十分ほどのところに神部のマンションはある。彼の家を訪れるのはもちろん初めてではなかった。

三人で集まるのは月に一度か二度だが、別々に彼らと会うことはもう少し頻繁にあった。きっと彼らも僕のいないときに会っているのではないかと思う。二人で会うときには、飲むだけだったり、食事するだけだったりというほうが多く、よほど溜まってるときとか、泥酔

したときでないとセックスまでにはなかなか至らなかった。

彼らとの関係で僕は、なんというか――『寝る』より『話す』ことに費やす時間を大切にしたいと思っていた。といっても別にセックスが嫌、というわけではない。四本の腕に翻弄《ほんろう》される、あの気を失うほどの快感は僕を魅了し、積極的に僕はその快楽に身を任せることを好んだ。

今日僕は――神部に対し、『話す』ことよりも『寝る』ことを欲していた。

部屋に入った途端、電気もつける前から彼の背に縋りつく。

「どうした」

問いながらも神部は振り返り、僕の背を抱きしめてきた。彼の首へと腕を回し唇を塞《ふさ》ぐと、神部はすぐに僕の唇をこじ開けるように舌を差し入れ、痛いくらいに絡めた舌を吸い上げてくれた。

彼の手が僕のベルトにかかり、手早くそれを外してスラックスをその場に落とす。僕も彼の身体を離し、自分でネクタイを解《ほど》きながらシャツのボタンを外して、Tシャツも脱ぎ捨て、その場で全裸になった。

「じゃ、メシの前に運動しますか」

神部がくす、と笑い、僕の身体を抱き上げると、器用に寝室のドアを片手で開き、ベッドまで運んでくれた。

「辛くない？」

覆い被さってきながら彼が尋ねてくれたのは昨夜の行為を慮《おもんぱか》ってのことだと思うのだが、僕が無言で彼の背を抱きしめると、了解、とばかりに右手を僕の後ろへと伸ばしてきた。彼の唇が首筋から胸へと滑り、すでに勃ちかけた胸の突起を舐り始める。

「……っ」

身体を捩ったとき、彼の指が僕の後ろに挿入されたのがわかった。神部はピアニストのような繊細な指の持ち主で、まるで音楽を奏でているような動きで僕の後ろを弄《いじ》ってくれる。

「や……っ」

たまらず声を上げた僕を、彼はその細く長い指の本数を増やしてさらに深く強く抉ってきた。胸の突起を噛まれる痛痒《いたがゆ》さが快感を煽《あお》り、両手で胸の上にある彼の頭を抱きしめてしまう。

「苦しいよ」

神部は笑って僕の手を遮るように頭を上げると、身体を下へと滑らせ、後ろに指を挿入させたまま、僕の雄を口に含んだ。

「……っ」

激しく後ろをかき回しながら、もう片方の手で竿《さお》を扱き、先端を舌で攻め立てる。急速に昂まる自身を抑えられず、大きく身体を仰け反らせた僕を見上げて目だけで笑ってみせたあと、神部は口の、そして手の動きを速めた。

「や……っ……あっ……」

自然と自分の脚が大きく開いてゆくのを見下ろしながら、僕は自分でも腰を浮かせ彼の動きのままに激しく腰を動かしてしまっていた。気づいた彼が僕を口から離し、身体をうつ伏せにすると高く腰を上げさせる。

「やっ……」

指を抜かれると僕の後ろはもどかしさに大きく震えた。

「待ってろ」

苦笑しながら、かちゃかちゃと音を立てて神部が自分のベルトを外している。

「早く……っ」

肩越しに振り返って叫ぶと、やれやれ、というように肩を竦めた彼が、ファスナーの間から自身を取り出した。軽く扱いたあと、それを僕の後ろへと押し当て、一気に貫いてくる。

「あっ……はぁっ……あっ…」

おもむろに腰を使い始める彼の着衣が尻を、背を擦り、なおさらに僕を昂めていった。背中に時折当たるのは彼のネクタイだろう。擽ったく感じたのは一瞬で、僕はすぐに彼の激しい突き上げに意識を持っていかれ快楽を深めようと自らも激しく腰を動かし続けた。

「く……っ」

後ろを締めつけてやると神部が低く声を漏らす。その声を聞きたくて僕はますます彼を締めつけながら腰を前後に揺らした。

「……ったく」

息を乱した神部が苦笑し、腕を僕の前へと回してくると勃ちきって先走りの液を零していた僕を握り、勢いよく扱き上げる。

「……や……んっ……」

またしても大きく背を仰け反らせた僕の首筋に唇を落としながら彼は僕を扱き続け、ついに耐えきれずに僕は彼の手の中に己の精を吐き出した。

「……っ」

射精を受け激しく収縮した後ろの刺激に、神部も達したのがわかる。

「……や……」

なおもそこを締めつけてやると、馬鹿、と彼は笑い、肩越しに僕の唇を塞いできた。息が整わないながらも僕も唇を寄せると、

「……どうした?」

やはり荒い息の下、小さな声で神部が問いかけてくる。

「……どうも……しない……」

呟くようにそう言うと僕は首を回し、彼の唇をねだった。

「…………」

無言のまま神部は僕の背から退《ど》くと、後ろに雄を挿入させたまま、キスしてほしいのに、と非難の眼差《まなざ》しを向けた僕を仰向《あおむ》けにし、貪《むさぼ》るようなくちづけを与え始めた。

「……っ」

僕は神部の背に両手両脚でしがみつき、彼の唇を、舌を己のそれで受け止めた。次第に二人の身体の間で僕自身がまた熱を持ち始める。僕の中の彼もだんだんと硬さを取り戻しつつあり、僕たちは二人唇を合わせたまま、互いの昂まりを煽り続けた。

僕の意識の中に、あの箱根で、肩越しに振り返った神部の背中が浮かんだ。

ああ、あの背にこうしてしがみついているのだ、と思うと、なぜかまたたまらない気持ちになり、僕はさらに強い力で彼の背中をぎゅっと抱きしめ、自分の雄を彼の腹へと擦りつけた。神部も僕を抱きしめ返し、ゆっくりと腰を動かし始める。

「……っ」

やがて二度目の絶頂を迎えたその瞬間、なぜか僕の頭に、彼の——山田氏の笑顔から零れた、眩しすぎるほどに白い歯の残像が浮かび、消えていった。

3

翌日の夕方、佳樹から携帯に電話が入った。今夜、僕の家に来るという。

『昨夜電話くれたんだって?』

出られなくて悪かったな、と言うところをみると神部から連絡が行ったのだろう。

「今日は残業で遅くなるよ」

『じゃあ、十時頃、お前の家に行くよ』

佳樹はそう言うと、またあとで、と電話を切った。

佳樹とも神部とも大学一年のときからの付き合いだったが、彼だけファーストネームで呼ぶのは部内に同じ中村姓の先輩がいたからだ。前に冗談半分で神部が「佳樹ばっかり名前じゃ狡い。僕も名前で呼んでくれ」と無理やり僕に『直人』と呼ばせようとしたが、結局定着はしなかった。

決して神部と佳樹それぞれとの付き合いに濃淡があるわけではなかったが、最初に部で声をかけてきたのが佳樹だったからだろうか、なんとなく僕は何かあるとまず佳樹に相談してきたような気がする。

昨日も無意識のうちに僕が呼び出したのは彼の携帯番号だった。

『佳樹にはかけたのか』

神部の問いは暗にそんな僕を責めていたのだろうか——いや、それなら昨日僕が電話をしたとわざわざ佳樹に知らせることはないだろう。ともあれ、僕はなぜ佳樹が急に家に来るなどと言い出したのかと、その理由が妙に気になってしまい、するはずだった残業を切り上げ、予定よりずいぶん早い時間に帰路についた。

九時前にマンションに到着したというのに、部屋の前にはすでに佳樹が立っていた。

「よお」

佳樹は僕を見て驚いた顔になったが、驚いたのは僕のほうだ。

「十時って言ったろ?」

一時間も待つつもりだったのか、と呆れてみせると、

「なんとなく早く帰ってくるような気がしたのさ」

負け惜しみのようなことを言い、佳樹が笑う。

「メシは?」

「食ってきた」

「ふうん」

僕はまだだったが、佳樹が食ったのならいいか、と冷蔵庫からビールを出した。

「お前は?」

「ぼちぼち」

食ってない、と言えば心配するだろうと思ってついた嘘《うそ》はすぐに見破られ、

「食べなさい」

と強制的に僕は冷蔵庫を開けさせられた。

「腹減ってないし」

ぶつぶつ言う僕の後ろから佳樹は冷蔵庫を覗き込み、

「寂しい男所帯だなあ」

何もないじゃないか、と呆れている。

「佳樹も食う?」

「太るからやめとく」

そう言いはしたが僕が冷凍のパスタを作って差し出すと、彼は綺麗《きれい》に一人分を平らげた。

「……で?」

食卓を挟み、佳樹が思い出したように問いかけてくる。

「で?」

正直あまり食欲のなかった僕は、フォークを動かす手を止め、目の前の彼を見た。

「……何があったって?」

佳樹が食べ終わった皿を脇へと避《よ》け、貸せ、と僕の手からフォークを取り上げる。

「……別に」

答えた口元に、くるくると器用にパスタを巻き取ったフォークが差し出された。

「食えよ」

はい、あーん、と佳樹が笑う。

「馬鹿」

笑い返してフォークを咥えると、佳樹はまたくるくると新しいパスタを巻き取りながら、

「神部も心配してたぞ」

と言い僕を見た。

「……別に……」

何もなかったよ、と答える前にまたフォークが口元に運ばれる。

「ほら」

再びフォークを咥えてパスタを食べると、

「親鳥の気分」

佳樹は笑い、またパスタを巻き取り始めた。そうして二人して無言のまま、佳樹は僕に食べさせ続け、やがて皿が空になると、

「はい、完食」

とおどけてみせたあと、それを流しに運んでくれた。

「ちゃんとメシくらい食えよ」

「食ってるよ」

「嘘をつけ」

皿まで洗いかねない彼の背後に近づき、広いその背に凭れかかる。

「嘘じゃないよ」

「……何があった？」

額をつけた彼の背から、佳樹の低い声が震動として響いてきた。

「…………珈琲《コーヒー》、飲みたいな」

その背を抱きしめ、ぽつりと呟くと、

「ウィスキーにいたしましょう。お姫様」

佳樹は僕を振り返り、ぱちりと片目を瞑《つぶ》った。

1DKの僕の部屋の窓側に置いたベッドに凭れ、僕たちはだらだらとウィスキーを飲み始めた。佳樹が僕に手招きし、胡座《あぐら》をかいた片方の脚の上に僕を座らせる。

「重いだろう?」

「軽い軽い」

ほら、と脚を上下に動かすものだから、僕はバランスを失い慌ててグラスを持った手で彼の首へと縋りついた。

「危ないなあ」

グラスが空で助かった、と溜め息をつき身体を離して、彼を睨むと、

「悪い悪い」

佳樹は笑いながら、自分のウィスキーのグラスを僕の前へと差し出した。口を近づけ彼が傾けてくれるグラスからコクコクとほとんどストレートに近いそれを飲む。

「おい」

これには佳樹が慌ててグラスを遠ざけようとしたのだけど、僕は自分でグラスを摑み、中に入っていた酒を全部飲み干してしまった。

「弱いくせに」

　あーあ、と佳樹が空になったグラスを床に置き、僕の背中を抱き寄せる。一気に飲んだウィスキーが血液の流れを速め、わんわんと耳元で鼓動の音が響く。その音から逃れたくて僕は彼の首に縋りついた。

「大丈夫か」

佳樹の心配そうな顔があまりに近いところにある。

「だめ」

言いながら彼の唇に唇を押し当てると、佳樹はおざなりのようなキスを返してくれたあと、

「仕方がないなあ」

と僕の背を抱き直し、身体を持ち上げようとした。ベッドに寝かそうとしているんだろう、と気づいた僕は彼を跨《また》ぐようにして座り直し、さらに身体を密着させてやる。

「大丈夫だよ」

「……なに？」

内腿のつけ根に彼の熱い雄を感じた。服越しにそれを擦るように腰を動かすと、

「仕方がないなあ」

佳樹は同じ言葉を繰り返し、僕の背中を撫で回し始めた。

「佳樹……」

鼓動が速いのは僕も昂まっているからなのか、それとも単にさっきのアルコールが回っているだけなのか。相変わらずわんわんと耳元で響く自分の心臓の音の中、僕はさらに腰を動かし、彼の雄を内腿で擦り続けた。と、そのとき——。

冷静な佳樹の声に、僕の動きは止まった。

「何があったんだ?」

「……え?」

見下ろし眺める彼の黒い瞳《ひとみ》に、僕の顔が映っている。

「何も……」

答える顔が歪《ゆが》んで見えた。と、佳樹の瞳が笑いに細められ、僕の歪んだ顔の像が消えた。

「姫はすぐに顔に出るな」

佳樹がくすりと笑い僕の頬へと手を伸ばす。

「少しは腹芸を覚えなさいね」

「はい」

おとなしく頷くと、よろしい、と佳樹はまた笑い、その手で僕の頬を撫でた。僕は瞼《まぶた》を閉じ、彼の優しい手の感触を受け止める。

「……で?」

僕の頬を撫でながら再び尋ねてくる佳樹に身体を預け、僕はぽつりと昨日出会った山田氏のことを告げた。

「……僕のファンに会ったよ」

「ファン？」

佳樹が僕の背を抱きしめ、顔を覗き込んでくる。

「………テレビでね、あの駅伝を見たんだってさ」

「……へえ」

佳樹の手の動きのせいか、耳元で響いていた自分の鼓動の音が収まり始めていた。僕は昨日の名古屋での出来事をぽつぽつと問われるままに彼に語っていった。

「……久々にあのときのことを思い出したからかな。なんだかひどく動揺してしまって……」

「ふうん」

佳樹の手は優しく、彼の胸は温かかった。睡魔が僕に忍び寄り、そのせいで次第に呂律《ろれつ》が回らなくなってきた口調で、僕は山田氏のことを語り続けた。

「白い歯がね……眩しいんだよ。直視できないくらいに……ああ、爽やかだなあ……って」

「惚《ほ》れたか？」

茶化すような声を出した佳樹に、

「まさか」

と笑い返しながら、僕は再び、

「眩しかったなあ……」

輝く山田氏の笑顔を思い出し、呟いた。

「………もうおねむの時間かな」

よいしょ、と佳樹が僕を抱いたまま立ち上がり、ベッドに僕を運んでそっと下ろした。

「サンキュ……」

彼の手が僕のネクタイを外し、シャツを脱がしてゆく間、僕は今にも眠りに落ちそうな心地好いまどろみの中にいた。スラックスを脱がされるのを腰を上げて手伝い、Tシャツとトランクスになったあと、佳樹に向かって両手を伸ばす。

「なに?」

律義にも僕の脱いだ服をハンガーにかけてくれていたらしい彼が、問いかけてきた。

「寝よう」

なぜだか今日は、彼の体温が恋しかった。おそらくこのまま帰るつもりだったのか、佳樹は一瞬逡巡するように動きを止めたが、やがて、

「待ってろ」

と告げると、自分も服を脱ぎ始めた。僕の傍らに滑り込んできた彼の胸に顔を寄せ、その背を力いっぱい抱きしめる。

「酷だな」

苦笑する彼の言葉にぼんやり顔を上げると、佳樹はなんでもないと微笑んだあと、僕の額に唇を押し当てた。

「おやすみ」

「……おやすみ」

僕もそう呟いたのだが、そういえばなぜ佳樹は今日、あんなに早い時間から待っていてくれたのだろう、という疑問を思い出し、

「あのさ」

眠りに落ちる直前の意識を引き戻しつつ薄く目を開いた。

「なに?」

佳樹が僕の背を抱き直し、再び唇を僕の額へと押し当ててくる。

「……今日はどうして……」

来てくれたのか、と問おうとした僕の言葉を最後まで聞かずに、佳樹は、ああ、と笑うと、僕の髪を撫で、そこにも唇を落としてきた。

「神部から電話があったのさ」

「電話?」

「そう……お前が今夜、眠れないといけないから傍にいてやってくれってさ。神部はどうし

ても今日は外せない用があるらしい」

くす、と笑いながら佳樹は僕の顔を覗き込み、

「愛されてるねえ」

とふざけた口調で言ったあと、僕の頰に軽くキスを落とした。

「……佳樹は？」

戯言《ざれごと》のつもりで問いかけた僕の言葉に、佳樹がやれやれ、と溜め息をつく。

「愛してるに決まってるだろ」

僕を抱く彼の手に力が込められたのがわかった。佳樹が僕の肩口に顔を埋める。

「……僕も……」

愛してるよ、と言いたかったのに、何かが胸に引っかかり、その言葉を喉の奥へと押し戻した。

「おやすみ」

言葉を飲み込んだ気配を察したのか、佳樹は顔を上げると再び僕の額にキスをし、僕が寝やすいように身体を動かしてくれた。

「…………」

言いよどんだことを気づかれたことはわかっていたけれど、僕はそのまま寝たふりを決め込み、「ううん」とわざとらしく吐息を吐くと彼の胸に顔を埋めた。

佳樹の手が僕の髪を撫でる指の動きが、先ほどとまったく変わらぬ優しさを滲ませていることにほっとしながら、いつしか僕は本当に眠りについてしまったようだった。

それから特に何ごともなく時間は流れ、あっという間に山田氏と約束をしていた金曜日がやってきた。

ホテルを予約すると申し出ていたので、場所はどこがいいと山田氏に尋ねたところ、翌朝六時の「のぞみ」で名古屋に帰る、というので東京駅に近い八重洲富士屋《やえすふじや》ホテルをとった。

「食事は何がお好みですか？」

接待場所についても希望を尋ねると、なんでも好きですよ、と山田氏は答え、本当に楽しみにしています、と笑って電話を切った。僕の脳裏に彼の輝く白い歯の残像がちらと過《よぎ》る。

『惚れたか』

ふざけた口調で問いかけてきた佳樹の声がなぜか同時に蘇《よみがえ》り、まさかねと僕は苦笑すると、この接待で価格ネゴも済ませてしまおうと気合を入れて金曜日の会合にのぞんだ。

酒が進むにつれ、山田氏は『名古屋は旨《うま》いものが何もない』と言い出し、東京出身の自分には辛い会社だ、などと愚痴まで零し始めた。

「へえ」

大学を尋ねると東大理系、しかも院卒だという。ラガーマンかと思った、と言うと、

「よく言われます」

頭を掻いたあと、スポーツはウィンドサーフィンをやっていました、と意外にお洒落《しゃれ》なことを言うので思わず僕は笑ってしまった。

「見えないですねえ」

僕もずいぶん酒を飲んでいたからだろう、失礼かな、と思いつつ勢いでそう笑うと、

「失敬ですね」

山田氏は口ではそう言いはしたが、おおらかに笑ってくれた。口を開くたびに白い歯が覗き、気づけば僕はその輝きに見惚れていた。

「そろそろ行きますか」

時計はすでに十一時を示していた。たいして話をしたわけじゃないのに時が経つのが異様に速い。立ち上がろうとして僕は少しよろけた。気づかぬうちに飲みすぎてしまったようだ。

「大丈夫ですか？」

心配そうに問いかけてくる山田氏も相当酔っているのか、呂律が回っていない。彼こそ大丈夫かな、と思いながら僕は「大丈夫です」と頷くと、

「ホテルまでお送りしましょう」

と伝票を手に立ち上がった。

タクシーに揺られているうちに、僕は接待中だというのにうとうととしていたらしい。山田氏に肩を揺すられ、慌てて運転手に金を払おうとすると、

「もう払いました」

客であるはずの彼にそう笑われ、ひどく恐縮してしまった。そのせいだろうか、彼だけを降ろすはずであったのに、なぜか一緒にタクシーを降りてしまった僕は、僕たちを乗せたタクシーが遠ざかっていくのをぼんやり見つめていた。

「行きましょう」

どこへ、と聞こうとした僕の背に腕を回し、山田氏は僕を伴いホテルへと入っていった。

「少し飲みますか？」

ラウンジは十二時まで開いているという。どうしようかな、と思ったが、断るのも悪い気がして「いいですね」と僕は愛想笑いを浮かべ、彼の誘いに乗ることにした。

「本当に……なんだか夢みたいだ」

山田氏は何度も何度もその言葉を口にした。

「やめてくださいよ」

そのたびに僕は苦笑し、僕の『ファン』だったと熱く語りそうになる彼を制し続けた。

「こうして手の届くところにあなたがいるなんて」

山田氏も酔っていたが、僕も酔っていた。彼が伸ばしてきた手を僕が握りしめたのか、それとも彼が僕の手を握ってきたのか――どちらとははっきり言えなかった。

「本当に夢みたいだ……」

山田氏の目が煌《きら》めいて見えたのは、テーブルに置かれた蝋燭《ろうそく》の光が、その濁りのない澄んだ瞳に反射していたからだろう。

綺麗だな、と僕は思わずその光に見惚れ――気づけば彼の手を握り返していた。

「姫川さん」

山田氏の唇が僕の名を呼ぶ。輝くような白い歯の隙間から、紅い舌がちらりと覗いて見える。エロティックだな、と思った自分の頭は腐ってると、僕は思わず一人で笑ってしまった。

「姫川さん？」

戸惑ったように問いかけ、僕の手を握りしめながら、山田氏がきらきらと光る瞳を向けてくる。

彼に――僕が佳樹や神部と何をしているかを告げたら、どんな顔をするだろう。

まったく関連性のないことであるにもかかわらず、不意に浮かんだその考えに、笑いが込み上げてくるのを抑えることができず、僕はその場で笑い始めた。

「姫川さん?」

ますます戸惑った様子で僕の顔を覗き込んでくる、山田氏の瞳の白目の部分の青白さ——清潔で、爽やかなこの青白さに、僕こそ叶《かな》わぬ夢を見ていたのかもしれない、と思いながら僕は一人笑い続けた。

決して佳樹と神部との関係を後悔しているわけではなかった。が、男三人で交わり合うなど爛《ただ》れた関係であるという自覚は無意識のうちに僕の胸に芽生えていたに違いなかった。恥じるわけでもなく、悔いるわけでもなかったが、僕があまりにも清潔な山田氏に惹《ひ》かれたのは、自分のすでに持ち得ぬものになっていた清廉さへの憧憬《どうけい》であるのかもしれなかった。

「姫川さん」

山田氏が僕の手を両手で包むようにして握りしめる。

「いけません」

あなたまでもが汚れてしまう、と僕は言葉にできたのか——振り解こうとした手を痛いくらいに再び握りしめられた僕は、笑うのをやめ山田氏をまじまじと見返した。

「部屋へ行きましょう」

煌めく瞳は相変わらず神々しいほどの様相を呈していたにもかかわらず、彼の口から告げられたのは——穢《けが》れた世界への誘いだった。

4

支払いは山田氏がした。少し前を歩く彼の足元を見ながら、僕はふらつく足でそのあとについていった。エレベーターに乗り込んだとき僕を見つめる彼と目が合った。

「大丈夫?」

僕の頬に手をやった彼が、何を『大丈夫』と尋ねたのか、僕にはよくわからなかった。

「……」

何が、と聞こうとしたそのとき、エレベーターは九階に——彼の部屋のあるフロアに到着した。

「行きましょう」

山田氏が僕の背に腕を回しエレベーターを降りると、部屋へと向かって歩き始めた。

廊下の奥まったところにある部屋のドアにキーを差し、中に入った途端、灯りをつける前から僕はその場で抱きしめられ、唇を塞がれていた。

「ん……っ」

山田氏の温かな唇の感触をひどく不自然に感じたのは、青白いほどに輝く彼の白目の印象から、彼に人並みの体温があるということを失念していたせいかもしれなかった。せわしなく背中を撫でる手も熱い。押しつけられた下肢はさらに熱くて、僕はその熱さの前になぜか身を竦ませてしまった。

「……怖いの?」

ぎゅっと僕の腰を抱き寄せ、わずかに唇を離した山田氏が問いかけてくる。

「…………」

怖い、という意識はないはずなのに、僕の身体はあたかも恐怖を訴えるかのように震え始めた。

「……大丈夫だから」

またも何が『大丈夫』なのだろう、という疑問を感じる気持ちの余裕はあるのに、身体が動かなかった。山田氏はそんな僕を抱き上げ、入口の脇にあった電気のスウィッチを入れた。明るくなった室内を突っ切り、真っ直ぐにベッドへと歩み寄っていくと、彼はそっと僕をシーツの上へと下ろした。

「夢みたいだ……」

微笑みながら山田氏は僕のネクタイを解き、シャツのボタンを外してゆく。大切なものを扱うかのようなその手つきに、そんな価値はないのに、と卑屈な考えが浮かび、僕は室内の明るさにいたたまれない気持ちになって目を閉じ、溜め息をついた。

山田氏が僕の身体を起こし、まずスーツを、そしてボタンを外したシャツを脱がせ、ばんざいをさせてTシャツも脱がせて僕の上半身を裸にした。背中を支えたまま今度は僕のベルトを外し、スラックスとトランクスも一緒に脱がせる。靴下まで脱がされて僕は一人全裸になった。

「……姫川さん……」

頭の上から降ってくる彼の声が掠れていた。僕は薄く目を開いて彼を見上げ――枕《まくら》元の小さな灯りを受けて輝く瞳の眩しさの前に再びぎゅっと目を閉じた。

「本当に夢みたいだ……」

うっとりとした彼の口調に僕はますますいたたまれない気持ちが募り、その声から背を向けるようにして身体を捩った。

「もっとよく見せて」

肩を摑まれ、再び仰向けに寝かされる。

「……夢、じゃないんだな」

山田氏はそう呟くと、そっと指先を僕の首筋から胸へと下ろしてきた。両手の指先で胸の突起を擦られ、それを避けるように身体を捩ろうとすると今度は摘《つ》まみ上げられる。

「……んっ……」

ぞくりとした感触が背筋を上り、微《かす》かに声が漏れてしまう。僕の声に誘われたかのように山田氏は僕の胸に顔を伏せると、胸の突起を口に含んだ。

「……っ」

軽く歯を立てられ、身体がびくんと大きく震える。彼の手が僕の下肢へと伸びてきて、やんわりと僕を握った。

「……や……」

不意に僕の中に羞恥《しゅうち》の念が芽生え、僕は両手で顔を覆った。

「どうしたの」

気づいた山田氏が僕の胸から顔を上げ、耳元に囁いてくる。

「……っ」

言葉が出てこず、無言で首を横に振る僕に山田氏は、

「大丈夫だから……」

穏やかにすら聞こえる優しい声で囁きながら、手だけは休めず僕をゆるゆると扱き続けた。

「……や……」

ますます顔が上げられなくなり、僕が背中を丸めて彼の腕から逃れようとするのに、

「姫川さん……」

山田氏は僕の名を呼び、背中から僕の顔を覗き込もうと覆い被さってきた。

「顔を見せて」

僕の手首を摑んでそっと手を退けさせると、山田氏は反射的に彼を見上げてしまった僕と目を合わせ、にっこりと笑った。

「綺麗だ……」

僕を扱く手を一段と速めながらどこか追い詰められたような声でそう呟いた彼こそ、きらきらと輝く美しい瞳を持っていた。

「あ……っ」

そんな彼の瞳の光から逃れたくて僕はぎゅっと目を閉じる。間もなく激しく扱かれる刺激に耐えられず、僕は彼の手の中で達してしまった。再び両手で顔を覆った僕に、山田氏は近く顔を寄せてくると、

「本当に……夢みたいだ」

感極まったような声で囁き、僕の髪にその顔を埋めた。

「シャワーを浴びてくる」

僕の息が整ったことがわかると、山田氏は身体を離し、僕に笑いかけた。

「……」

見上げた僕の髪を撫で、ベッドから下りバスルームへと向かっていく。僕はぼんやりした頭のまま、パタンとバスルームのドアが閉まるのを見つめていたが、やがてシャワーの音が聞こえてくると、のろのろと身体を起こした。

『夢みたいだ』

うっとりとした山田氏の声が僕の脳裏に蘇る。

『あなたのファンなんです』

きらきらと輝く瞳で僕を見つめ、白い歯を覗かせながらそう言ってくれた彼に、僕はこれから抱かれようとしている。

「………」

そう思った瞬間、僕の全身を理由のわからぬ焦燥感めいた思いが駆け抜け、気づけば僕はベッドを下りて脱がされた服を身につけ始めていた。シャワーの音を背中に聞きながら、ネクタイと上着を摑んで部屋を飛び出し、エレベーターに向かって走った。

エントランスを駆け抜け、タクシー乗り場でドアマンがドアを開いてくれたタクシーに乗り込む。

「どちらまで？」

ミラー越しに、着衣の乱れている僕を胡散臭《うさんくさ》そうに眺めた運転手が愛想のない声で尋ねてきたのに、僕は何も考えないままに、

「横浜」

と行き先を告げていた。

高速を走っているうち、次第に気持ちが落ち着いてきた。ちらちらとバックミラー越しに運転手から送られる物言いたげな視線にもようやく気づき、僕はシャツのボタンをはめ、ネクタイを締めた。

『横浜』——神部のマンションに僕は向おうとしていた。東京駅からなら横浜の彼の家よりはずっと自分の家が、そして佳樹の家が近いにもかかわらず、僕が神部のマンションを選んだのは、最後に会ったのが彼ではなく佳樹だったからかもしれなかった。

今まで彼らとの付き合いに均衡をわざわざ求めたことはなかった。が、無意識のうちにバランスをとっていたのかもしれないな、と僕は変わり映えのしない高速道路の側壁を眺めながら、ぼんやりとそんなことを考えていた。

本当に考えなければならないのは、先ほどまで一緒にいた山田氏のことだということはわかりきってはいたけれど、自分が酔っていることを最大の言い訳にしつつ、僕は冷たい窓ガラスで額を冷やし、神部と佳樹のことを考え続けた。

彼らがいなければ——僕は今頃どうなっていただろうか。

挫折から立ち直れず、ぐだぐだと怠惰に日々を過ごし世間から落ちこぼれてしまっていたかもしれない。『走れない』ことが自分にとってどれだけの打撃になるか、僕自身にもはっきりわかっていなかったことを、なぜだか彼らは僕以上に理解していて、落ち込むべき苦悩の淵《ふち》に僕がはまるより前に救い上げてくれた。

彼らが救ってくれたのは、『走れない』苦悩だけではなかった。気づけば僕は何かあると彼らの腕に縋っていた。

その四本の腕で抱きしめられるだけで、僕はこの身に降りかかる災厄を乗りきれるような気持ちになれた。滾る欲望を煽る彼ら二人の手が、唇が、その雄が、僕にすべてを忘れさせ、行為のあとには安らかな眠りを与えてくれた。

もし彼らがいなければ——きっと僕はまだ、あの暗闇の中を走っていたのだ。

耳障りな音を立てながら車が高速の柵際を走ってゆく。何も見えない外の風景はあの、箱根七区の下り坂を僕に連想させた。

襷を渡そうと伸ばした先には神部の背中があった。倒れ込んだ僕を監督の腕から奪うようにして抱き上げたのは佳樹だったとあとから聞いた。

そう——彼らの支えがなければ、僕はまだあの『箱根』を引きずっていたに違いない。

『任せろ』

襷を持って走り始めた神部の後ろ姿が僕の脳裏を掠めて消えた。

『大丈夫か？』

心配そうに僕の頬を叩いた佳樹の顔も、車窓の風景とともに流れ去っていった。

あれから――僕の傍には常に彼らがいた。

「お客さん、横浜はどちらに？」

運転手の問いかけに僕は我に返り、神部の家の住所を告げた。タクシーのスピードが緩まり、出口付近の混雑で同じように高速を下りようとしているタクシーの尾灯の灯りが目の前に溢《あふ》れる。

『よくやった』

箱根のゴールで、胴上げをしている他校の選手たちを背に、泣きじゃくる僕を慰めてくれる皆の手。振られる応援旗。沿道の声援――。

尾灯を眺めているうちにフラッシュバックするあの日の光景が僕を襲い、僕は慌てて目を閉じ頭を振った。途端にそれらの風景を遮るように立ちはだかる神部と佳樹の姿が僕の頭に浮かぶ。

安堵の息を吐きながらも、同時に僕の頭に浮かんだのは、あの『箱根』から僕を救ってくれた彼らとともにいる限り、真の意味で僕は『箱根』から逃れることはできないのではないかという、あまりにも逆説的な考えだった。

神部のマンションに到着し、タクシー代を払うと手持ちの金はほとんどなくなった。時計を見ると深夜二時を回ろうとしている。寝ているかな、と思いながら僕はエレベーターに乗り込み、彼の部屋を目指した。

インターホンを押し返事を待つ。鍵《かぎ》は貰《もら》っていたが、使ったことはなかった。神部にも、そして佳樹にも僕は部屋の鍵を渡していたが、彼らもそれを使うことはなかった。

「最中だったら困るもんな」

ふざけてるのか本気なのかわからない口調で笑っていた神部の『はい?』という応答がインターホン越しに聞こえてくる。

「僕だけど」

答えた瞬間、駆け寄ってくる足音が聞こえ、がちゃがちゃとドアチェーンを外している気配がしたかと思うとすぐにドアが大きく開かれた。

「……」

室内を見た途端、突然訪ねたことに驚くだろうな、と思っていた僕のほうが驚いて、その場に立ち尽くしてしまった。

「どうした?」

困惑した四つの目が、僕を真っ直ぐに見つめている。

「お前らこそ……」

神部の部屋には佳樹が来ていた。

「密談」

ふざけたように笑う佳樹の手にはウィスキーのグラスが握られている。

「まあ、上がれよ」

神部が僕を促し、僕はなんとなく複雑な思いを抱きつつ、通い慣れた彼の部屋へと上がり込んだ。

「飲むか?」

彼らはリビングで飲んでいたらしい。つまみらしきものはなかったが、どことなく時間の経過を思わせる雰囲気が室内に溢れていた。

「うん……」

酔いはほとんど醒めていた。頷きその場に座り込むと、佳樹が僕の上に伸《の》しかかってきた。

「何?」

重いよ、とその胸を押し上げると、

「なんかヘンだな」

と僕の首筋に顔を埋めてくる。

「擽ったい」

ぺろりと舐められ、身体を捩ると、

「ほらほら、酔っ払いが」

グラスを手にした神部が近づいてきて、佳樹の背中を蹴《け》った。

「姫、ネクタイ曲がってるぞ」

薄めの水割りを渡してくれながら、ちらと神部が僕の襟元へと視線を向ける。

「…………っ」

彼の言葉に動揺した僕の手からグラスが落ちた。

「冷たっ」

傍に寝転んでいた佳樹にも水割りはかかったようで、大きな声を上げ飛び起きると、僕の顔を覗き込んできた。

「おいおい、酔ってるのか?」

「……うん。酔ってる」

スラックスがびっしょり濡《ぬ》れてしまっていたが、特に冷たいとは思わなかった。いつの間にかタオルを取りに行ってくれていた神部が、

「ほら」

と僕にそれを投げてくれる。

「……ごめん」

床を濡らしたことを詫びると、

「いいから身体を拭《ふ》きなさい」

神部は僕に覆い被さり僕の手からタオルを取り上げて、ごしごしと足を拭い始めた。僕はそんな彼の手首を掴むと、

「?」

何、というように僕の顔を覗き込んできた彼の首にかじりつく。

「姫?」

驚いた声を上げはしたが、神部は僕の背を抱きしめてくれた。

「どうしたの？　ジェラシー？」

くすくすと笑いながら佳樹が後ろから僕の腰へと腕を伸ばしてくる。

「のけ者にされちゃったかと思ったの？」

ふざけた口調のままに後ろから僕に抱きついた佳樹に、

「酔っ払いが」

と冷たい声を浴びせた神部は、打って変わった優しい声で、

「何？　どうした？」

僕の耳元で囁きながら、背中を抱く手に力を込めた。

『ジェラシー』——確かにジェラシーだったのかもしれない。

突然現れた佳樹の姿に、僕の胸に芽生えたのはそれこそ彼が言ったとおり『のけ者にされた』というような思いだった。別に佳樹を出し抜いて神部に会おうとしたわけではない。が、どことなく後ろめたく思っていたにもかかわらず、それ以前に彼らが二人で会っていたということに、子供じみた嫉妬《しっと》を感じてしまったのかもしれなかった。

佳樹は驚くほどに僕の心を読んだ。神部には言えないことを佳樹に言うケースが多いのは、何も言う前に佳樹が『気づく』ためだ。

結局僕の言ったことは佳樹から神部に流れるのだが、飲んだときに神部はよく『狡い』と佳樹に絡んだ。それでいて、僕が悩んでいることに気づくと、神部は自ら佳樹を僕の元へと差し向けるのだった。

この間もそうだったな、と思いながら僕はますます強い力で神部の首にしがみついた。

「……姫?」

戸惑う神部の声に被せるように、

「ベッドに行くぞ」

佳樹がそう言い、僕を神部から引き剝がす。

「抱かれたいってさ」

今度は佳樹に縋りついた僕を抱きしめ、彼は神部に向かってそう笑った。

「……お前の洞察力が羨《うらや》ましいよ」

溜め息交じりに答えた神部を僕は肩越しに振り返る。

「……愛の深さは変わらないのよ？」

わざとおどけてそう僕に微笑みかけてきた神部へと僕はまた縋りつくと、

「抱いてよ」

と耳元で囁いた。

「神部のそういうところこそ、俺は羨ましいけどな」

あーあ、と笑いながら佳樹が僕の尻を叩く。

「どういうところなんだか」

神部も笑って自分にしがみつく僕を抱き上げると、

「それじゃ、ベッドに行きますか」

お姫様、と僕と額を合わせた。

「抱いてよ」

自分の言葉が急速に自身を昂めていくのがわかる。

「めちゃくちゃにしてよ。何も考えられなくしてよ。おかしくなるくらい気持ちいいことしてよ」

言いながら再び神部の首に縋りつく僕の背を、

「おやすいご用」

「任せなさい」

と二人の腕が叩いた。


ベッドに下ろされ、あっという間に全裸に剝《む》かれた。

「上いく？　下いく？」

ふざけた口調で尋ねる佳樹に、

「下、どうぞ」

と神部は笑って答え、僕の頭のほうから覆い被さってくると、胸の突起を口に含んだ。

「めずらしいこともあるねえ」

譲ってくれるなんてさ、と笑いながら佳樹は僕の両脚を大きく開かせてその間に蹲《うずくま》ると、僕の雄を口に含む。

「や……っ……あっ……」

手で扱き上げながら先端を舌で舐られる感触と、神部の舌と手が両胸を弄る快感に始まったばかりだというのに僕の口からは高い声が漏れ始めた。

「めちゃくちゃにしてやるよ」

一瞬僕を口から離し、佳樹はそう言って笑うと、僕の両脚を肩に担ぎ、口で僕を攻めながら後ろに指を挿入してくる。

「壊さない程度にね」

くす、と笑い顔を上げた神部に向かって僕は両手を伸ばした。

「何？」

「壊せ……っ」

言った途端、深いところを佳樹に抉られ、僕は大きく喘いだ。

「過激な姫だな」

呆れたように笑いながらも、佳樹が僕の腰を高く持ち上げ口から僕の雄を離すと、今度は神部が僕の頭を跨ぐようにして、僕を咥えた。

「最初、いかせていただきます」

佳樹の声に無言で頷く神部の雄が、僕の目の前にある。手を伸ばして勃ちきったそれを握り込み口に含んでやると、それを見た佳樹は、

「狡いなあ」

と苦笑したあと自分の雄を僕の後ろへと挿入させてきた。

「……っ」

前を舐められながら激しく突き上げられ、悲鳴のような声を上げかけたが、喉の奥まで収めていた神部の雄が僕の声を塞いだ。

「噛まれないようにな……っ……姫はまだ……っ……慣れてないから」

激しく腰を動かしながら、佳樹が神部の後頭部に話しかけているのが見える。

「食いちぎられても本望さ」

僕を口から離して笑う神部の声に、

「確かにな」

と笑ったあと、佳樹はまた一段と激しく僕を突き上げ始めた。

「……っ……はぁっ……あっ……あぁっ……」

息苦しさに耐えられず、神部のそれを口から離した途端、自分でも驚くような大声が口から迸った。

「まだまだ……ッ……足りないよな……っ」

突き上げを続ける佳樹と、僕の雄を、胸を弄り続ける神部の二人は疲れを知らないかのように僕の身体を攻め続け、僕が悲鳴を上げるまで、それこそ僕を『めちゃくちゃに』してくれた。

「もう……っ……も……う……」

二人の雄に何度も貫かれ、後ろの感覚はほとんどなくなっていた。胸の突起にも、舐められ続けた自身の先端にもひりつく痛みを覚え、最後は泣きながら彼らに許しを請うたような気がする。

「ほらほら泣かないの」

「仕方がないなあ」

やれやれ、と僕を後ろから前から抱きしめる彼らの体温に包まれ、僕は望んだとおりの『何も考えられない』状態のまま、深い眠りに落ち込んでいった。

ぼそぼそと頭の上で交わされる会話を聞いたのは——夢の中の出来事だったのかもしれない。

「何があったのかねえ」

「さあ……」

物憂げに答えていたのは神部らしかった。

「……どうよ?」

くす、と笑った佳樹が僕の身体越しに神部の肩のあたりを小突いた気配がする。

「何が?」

よせよ、と言いながら神部は身体を避けたようだった。

「『固い決意』、揺らぐんじゃないの?　本人目の前にしちゃうとさ」

佳樹がそんなことを言いながら、僕の腰を自分のほうへと引き寄せた。

「……お前こそ」

神部が僕の髪を梳《す》く。

「……何があったのかねえ」

あえて話を逸らすように、佳樹はまた先ほどと同じ問いを口にした。

「……さあ……」

神部は優しい手で僕の髪を梳き続けてくれている。

『決意』ってなんだろう――目を開けて尋ねたかったのに、どうしても目が開かない。そのままま た意識を失うように眠り込んでしまった僕には、耳にしたこの会話が現実に交わされたものであるのかはたまた夢なのか、確かめる術《すべ》がなかった。

5

携帯電話をなくしたことに気づいたのは翌日の夕方だった。前夜の濃厚な行為の余韻で、僕は土曜日なのをいいことに、すでに本人は起き出していた神部のベッドで昼過ぎまでごろごろしていた。

佳樹は休日出勤だと朝早い時間に出ていったらしい。神部はベッドの脇の机で分厚い調書を読みながら、時折僕を振り返っては「なんか食べるか?」だの、「大丈夫か」だの、気を遣った言葉をかけてくれ、昼過ぎに、

「シャワーでも浴びる?」

と僕を抱き上げバスルームへと連れていってくれた。

お決まりのコース、というわけではないが、二人してシャワーを浴びているうちに戯れが行為へと発展し、その場で抱かれた僕はさらに体力を消耗してしまい彼のベッドに潜り込んだ。

「メシくらい食いましょうね」

神部がいくら僕を揺り起こそうとしても腕を上げるのすらだるい身体では起き上がることもかなわず、結局陽が落ちてからようやくベッドから起き出して神部の作ってくれた夕食を食べたあと、家に帰る段になって自分がほとんど金を持っていないことと、携帯をなくしたことに気づいたのだった。

「送るよ」

車のキーを手に僕を振り返った神部が、僕が鞄《かばん》やスーツのポケットをひっくり返している様子を見て眉を顰める。

「ケータイがない」

言いながら僕は、きっとあのホテルの部屋に落としてきたんだろう、という結論に心の中で達し、神部に気づかれぬよう溜め息をついた。

「ケータイ？」

神部が自分の部屋を捜してくれようとするのを、

「多分昨夜、落としてきたんだ」

と言って制した僕は、実は内心ほっとしていた。昨日、あんな状態で部屋から消えてしまったからには、山田氏は僕と連絡をとるために教えてあった携帯番号に電話をしたに違いない。携帯電話をなくしたことが、彼からの電話に出られなかった正当な理由になると、卑怯《ひきょう》にも僕は安堵してしまっていたのだった。

「届け、出さないといけないんじゃなかったっけ？」

先月佳樹が携帯をなくしたとき、ショップで手続きをとろうとしたら警察への届けが必要と言われた、と話していたのを、神部は思い出したんだろう。

「週明けに出すよ」

家に帰ったらホテルに電話をしてみようと思いつつ、僕は神部にそう答え、行こうか、と彼を促した。

「……」

神部は一瞬僕の顔を見たが、何も言わずに立ち上がり、僕を従えて部屋を出た。

神部の運転する車の助手席で、僕は今さらのように山田氏のことを考えた。昨夜、なぜ僕は彼のあとについて部屋まで行ってしまったのだろう。

山田氏に惹かれていた？　確かに彼の清潔な笑顔に好感を抱いたことは事実だった。『ファンなんです』と目を輝かせた彼を眩しいと思い、『初恋の人に出会ったようだ』と言われて悪い気がしなかったのも事実だ。彼にその手の嗜好《しこう》があったのは驚きだったけれど、だからといって彼の手に一旦は身体を預けようとしてしまったのは——なぜ、だったのだろうか。

「姫？」

小さく呼ぶ声に、僕は我に返って運転席の神部を見た。

「何？」

ことさら笑顔になってしまったのは多分彼に対する後ろめたさのせいだろう。神部はちらとそんな僕を見やったあと、またフロントガラスへと視線を戻した。

「……何？」

その後ろめたさが、さらに僕に神部の言葉を追わせた。彼の顔を覗き込むようにして助手席から身を乗り出し尋ねると、

「いや、大丈夫か、と思ってさ」

神部は苦笑して左手を伸ばし、僕の頬を軽く撫でた。

「『大丈夫』？」

神部の言葉に僕が連想したのは、昨夜の山田氏の言葉だった。何度も僕に『大丈夫』と告げた彼——彼の前から消えた僕がそのあと神部や佳樹とともにしたことを知れば、僕を労ったことを後悔するに違いない。

まあ彼がそれを知り得る機会は永久に来ないだろうが、などと馬鹿げたことを考え、自然と苦笑してしまっていた僕の耳に、神部の静かな声が響いた。

「大丈夫ならいい」

「え？」

なぜか——いつもと様子が違うような気がして、僕は再びフロントガラスを真っ直ぐに

見つめる神部の顔を見やった。前方の信号が赤になり、神部がブレーキを踏んで車を停《と》める。前の車が右折の合図を出していて、その点滅に僕の意識が一瞬逸れたそのとき、

「近いうちにアメリカに行くかもしれない」

なんでもないことのように神部はそう告げると、「え？」と驚きの声を上げた僕を振り返り、にこ、と笑った。


動揺のあまり満足に口もきけないでいた僕を乗せた神部の車は、それから五分後には僕のマンションに到着した。

「それじゃ、ゆっくり休みなさいね」

そのまま帰ろうとする神部の腕を摑み、僕は上がっていってくれ、と彼に頼んだ。

「駐車できないだろ」

帰ろうとする彼の腕を僕はどうしても離せなかった。やがて根負けした神部が、

「仕方がないなあ」

と溜め息をつき、駐車できそうな道まで車を移動させるからお前は部屋で待ってろ、と言ったが、それでも僕は頑として「僕も行く」と助手席に居座り続けた。

「信用ないねえ」

神部が苦笑しながら車を発進させる。

「アメリカってなんだよ？」

僕がそれを彼に尋ねることができるようになったのは、マンションから五分ほどのところにある、滅多に見回りの来ない狭い道に彼が車を停めたあとだった。

「……向こうのロースクールに留学しないか、という話があるんだ。キャリアアップを目指すのなら受けておいて損はないってね」

「どのくらい？」

普段と少しも変わらない神部の口調に対抗するように、僕もなんでもないことのように彼に尋ねた。

「二年」

「そう……」

がちゃ、と神部が運転席のドアを開いて車を降りようとする。後ろから僕は思わずその首にかじりついてしまっていた。

「……姫？」

苦しいよ、と笑って振り返った神部を力いっぱい抱きしめる。

「姫？」

抱き締め返してくれながら、神部が顔を覗き込もうとし、しがみつく僕を引き剥がそうとするのに、僕は負けじと強い力で彼に縋りつき、唇を彼の首筋へと押し当てた。

「何？」

笑いながら僕の背を叩く神部は気づいていたのだと思う。『行かないでくれ』という言葉を必死で喉《のど》の奥に飲み込もうとした僕が、同時に嗚咽の声も堪えていたということに——。

神部が目の前からいなくなる——この二年、『どさ回りだ』という彼の言葉どおり、福岡《ふくおか》、金沢《かなざわ》という赴任地を経ていた彼ではあったけれど、それでも僕は彼との間に物理的な距離を感じたことはなかった。

彼とは頻繁に電話やメールのやりとりを交わしてもいたし、必ず月に一度は僕と佳樹に会いに東京にやってくるという暗黙の約束ができていたからだろう。

彼がアメリカに行くとなると——いや、たとえアメリカであっても、彼が地方に勤務していたときと同様、メールや電話で連絡をとることくらいはできるに違いない。

頭ではそれがわかっているのに、それでも僕がこんなに動揺してしまったのは、彼がすでにアメリカ行きを『決めたこと』として僕に伝えたからかもしれなかった。

司法試験を受けるときも、検事になるときも、もちろん彼からは事前に相談されたわけではない。「受けようかな」とか「弁護士はやめて検事にするか」とか、何気ない会話で彼は僕に告げただけで、「お前はどう思う」と聞かれたことはなかったが、そういうときの彼は自分ではまだどちらとも決めかねているようで、僕や佳樹に話すことで次第に自らの決意を固めていく、というのが見てとれた。

『だからね、姫は口を挟んじゃいけないよ』

姫が『やめろ』といえば神部はやめちゃうからね、と佳樹はふざけて僕に言ったものだが、アメリカ行きを告げた神部の言葉には――『行くかもしれない』という不確かな表現を敢えて彼がしていたにもかかわらず、僕は彼の揺るぎない決意を感じたのだった。

いつの間に彼は決めたのだろう。昨夜、神部の家に佳樹が来ていた、あの『密談』というのはこのことだったのだろうか。そして、夜中、僕が夢現《ゆめうつつ》で聞いた『決意』という言葉は――いろいろな思いが胸の中に溢れ、ますます強い力でしがみつく僕の背中を、神部は何も言わずにとんとんと、まるで母親が幼子をあやすように叩き続けてくれた。

「ねえ」

神部が僕の耳元で、静かな声で囁く。ずいぶん落ち着きを取り戻していた僕はその声に誘われ、彼の胸から顔を上げた。

「キス、しようか」

くす、と笑い、神部が額を合わせてくる。

「……うん」

目を閉じると、柔らかな神部の唇が僕の唇を包んだ。キスしよう、とわざわざ事前に断ったことなどなかった彼のそのキスは、いつにも増してなんだか——ひどく優しかった。

薄く目を開くと、目を閉じていた神部の頬に意外に長い睫《まつげ》の影が差しているのが見えた。

微かに震えるその影を見つめているうちに、僕は彼の決意が変わらないことをだんだんと悟っていった。

「……神部」

唇を離して名を呼ぶと、神部は薄く目を開き僕のことを見下ろした。

「……気をつけて」

言いながら僕は彼のシャツの背をぎゅっと摑んだ。

「……？」

何に、というように神部が眉を寄せる。

「……アメリカ」

ぼそりと呟くと、神部は、

「気が早いよ」

と噴き出し、僕の頰に音を立ててキスをしてから、身体を離した。

「いつ行くの？」

助手席に座り直しながら、彼に尋ねると、

「九月かな。行くとしたらね」

神部は再び運転席のドアを開き、行こうか、と僕も車から降りるよう促した。

「……九月か」

僕が車を降りると、神部は振り返って遠隔操作でキーをかけ、

「まだまだ先だな」

と僕の肩を抱いて歩き始めた。

「神部」

彼の歩調に逆らい、足を止める。

「ん？」

見下ろしてきた彼を真っ直ぐに見つめ返すと、僕は無理に笑顔を作りこう告げた。

「ここでいいよ」

「…………」

神部は無言で僕を見下ろしていたが、僕が彼の腕を避けるように身体を捩ると、

「そう」

やはり彼も無理に作ったような笑顔を向け、「ならマンションまで送ってやる」と再び車へと歩き始めた。

「いいよ。歩いて帰るから」

その背中に叫ぶと、僕は「それじゃ」と路地を走り出した。

「おい！」

驚いた神部の声を背に僕は道を走り続け、ようやく到着した自分のマンションの階段を駆け上った。部屋に入り、背中でドアを閉めた途端、久々に全力疾走してしまったからか、息苦しさからその場に座り込んでしまった。

しばらくドアを背に座っていたが、それがまるで自分が神部が追ってきてくれるのを期待している行為のように思えてしまい、僕はのろのろと立ち上がると靴を脱いで部屋へと上がった。

留守電が点滅しているので聞いてみるとなんてことはない、不動産屋の勧誘だった。途中で消去ボタンを押し、ぼんやりと電話を見ているうちに、僕は我慢できずに空で覚えていた番号をダイヤルしてしまっていた。二回、呼び出し音が鳴ったかと思うと、留守番電話のメッセージが受話器から流れてきた。女声のアナウンスを聞いた瞬間、ひどく安堵してしまったのは、電話をしようと思った行為に対して自分が後ろめたさを抱いていたからだろう。溜め息をつきながら電話を切った直後、いきなりその電話が鳴り出したものだから、僕は驚いて反射的に受話器を取り上げてしまった。

『もしもし？』

電話をかけてきたのは、僕が今、電話をかけた相手——佳樹だった。

「もしもし」

『ああ、すまん。ケータイ出ようとしたけど間に合わなかった』

佳樹はそう謝ったあと、静かな声で尋ねてきた。

『どうした?』

「どう?」

『家の電話からなんてめずらしいじゃないか』

彼の言う『どうした』はそっちか、と思いながら僕が、「ケータイ、なくしたんだよ」と答えると、佳樹も神部と同じリアクションをした。

『届けなくていいのか?』

「ああ、明日届けるから大丈夫」

僕が答えたあと、沈黙が二人の間に流れた。

『……で?』

佳樹が僕を促すように低く問いかけてくる。

「………神部が……」

言いかけて自分の声が涙に掠れていることに気づき、僕は慌てて口を閉ざした。

『……なんだ、もう聞いたの?』

佳樹が受話器の向こうで苦笑している。

「……」

やっぱり知ってたんだ、と思いながら僕は無言で受話器を握り直した。

『ショックだった？』

泣いちゃったかな？　と佳樹がわざとふざけた口調で僕に問いかけてくる。

「……ショック……うん。ショックだった」

思わずするりと口から本音が零れた。

『そう』

佳樹が相槌《あいづち》を打つ声が受話器越しに聞こえる。あまりに心地よいその響きに誘われたかのように、僕は胸の内に閉じ込めてきた思いを滔々《とうとう》と語り始めてしまっていた。

「どうしてなんだろう？　どうして一人で決めちゃったんだろう？　佳樹はいつから知ってたんだ？　アメリカなんて、今まで神部は一言も言わなかったじゃないか。それなのにどうして今、突然……」

『あのさ』

興奮して喋り続ける僕を、佳樹の静かな声が遮った。

「え？」

息を呑《の》んだ僕の耳に、佳樹の笑いを含んだ声が響く。

『……俺、お前と神部の『連絡係』じゃないんだぜ？』

「ごめん……」

思わず謝ってしまったのは、まさにそのとおりの役割を彼に求めていた自分に気づいてしまったからだった。

『いいけどね』

佳樹は僕の謝罪を軽く流すと、僕が喚《わめ》き立てた質問にひとつひとつ冷静に答えてくれた。

『俺も昨日聞いたんだよ。なんでも留学の話はずいぶん前から出ていたらしいんだけど、ふんぎりがつかなくて断ってたらしい』

「ふんぎり?」

『そ』

佳樹は短く答えると、一瞬言葉を探すようにして黙った。

「……どうして……」

すでに神部にはその『ふんぎり』がついたということなのだろうか。彼は一体何に捕らわれて、留学の話を断ってきたというのだろうか。

『……前に、話したことあったっけ?』

しばらくの沈黙のあと、低くそう言い出した佳樹の声に僕は我に返った。

「え?」

何を、と問いかける僕に向かい、佳樹はやはり笑いを含んだような声で話を続けた。

『……ずいぶん前に神部と飲んだとき、もし姫が俺か神部のどっちかを選ぶ、という話になったら、選ばれなかったほうは選ばれたほうを無条件に祝福してやろう、って話してたのよ』

「……選ぶ？」

初耳だった。僕が佳樹か神部を選ぶ——？　考えたこともなかったそのシチュエーションに戸惑い、思わず問い返すと、

『いや、フツーはさ、パートナーは一人じゃないか』

と佳樹は答えたあと、まあ男同士ってこと自体が普通じゃないけどな、と笑った。

「ああ……」

そういう意味か、と僕は納得し——同時に、

「選ぶ？」

と先ほどと同じ問いを口にしていた。

『選ぶ』——佳樹と神部、どちらかを『選ぶ』という意識を、今まで僕は抱いたことがなかった。

なぜ、と問われても答えようもないのだが、僕にとっては二人ともが、誰にも替えがたい友人で、身体を重ねるようになってからも彼らを大切に思う気持ちは変わらなかった。行為自体が常軌を逸しているという自覚はある。が、僕はその行為が、より僕たちを近くに——誰も踏み込むことがかなわない近くへと互いを引き寄せる手段と思えばいい、と自分で勝手に納得していた。

手段――という言い方が正しいかは別にしても、そういった行為をするいわゆる普通の男女の間にある、それぞれを束縛したいと願う感情を彼らに抱いたことは、今までなかった――ような気がする。

同志であり、同胞であり――僕の一番近しいところにいる彼らのどちらかを『選ぶ』ことなど、今まで僕は考えたことがなかったのだけれども、彼らはそれをずいぶん前から考えていたと知り、僕は愕然《がくぜん》としていた。

『愛してる』

ふざけた口調でそれぞれから告げられてきたその言葉の意味を、今になって僕は初めて体感的に理解した。

『僕も』

同じようにふざけた口調で答えることができなかったのは――無意識のうちに彼らが告げるこの言葉の重さに気づいていたからなのかもしれない。

彼らを愛しているのか、ともし問われたとしたら僕はなんと答えるのだろう、と一瞬頭を巡らせ――「わからない」という答えしか見つからず、小さく溜め息をついた。

『姫？』

黙り込んでしまった僕に、佳樹が小さく問いかけてくる。

「……聞いてるよ」

答えながら佳樹は今、どんな顔をしているのだろうと僕は思った。

『……だからさ、姫は姫の好きにすればいい。俺たちはずっとお前の傍にいたけれど……これからもお前が望む限りは傍にいてあげたいと思ってはいるけれど、それは決して姫を拘束したいというわけじゃないんだ。お前が外への一歩を踏み出すのに、俺たちの存在が邪魔になることだけは避けたいんだ』

「邪魔?」

意外な佳樹の言葉に僕は思わず口を挟んでしまった。

『……俺も神部も、ずっとお前の支えになりたい、お前に降りかかるすべての災厄から守りたいと考えてきた。お前が困っていれば手を差し伸べてやりたいと思ったし、悩んでいれば癒《いや》してやりたいと思ってきたけれど、ここにきて俺たちの庇護の手がお前にとって邪魔になることもあるんじゃないか、と気づいたのさ』

佳樹は言葉を選びながら、とつとつと静かに語っていた。その言葉のひとつひとつを僕は頭の中で反芻《はんすう》する。

彼らとともにいる限り、あの『箱根』から真の意味で逃れる日は来ないと思ったことと、佳樹の言っていることは同義なのかもしれなかった。

ここ数日の僕は、彼らに頼ってばかりいた。それこそ彼らの『庇護の手』を求めて身体を投げ出した僕を、彼らは何も言わずに慈しみ、癒してくれた。心の安寧を求めて彼らに縋りつく僕を、彼らは見るに見かねた、というわけなのだろうか。僕にしっかりと自立することを求めているということなのだろうか。

「……僕は……」

思わず声を詰まらせた僕に、佳樹が慌てたように、大きな声を出す。

『何もお前を見捨てるとか、そういう話じゃないんだぜ？』

「わかってるよ」

そう――僕にはわかっていた。佳樹の言葉が僕を真に思いやってのものであることは、僕にはわかりすぎるほどにわかっていたのだ。

それでも僕は、彼らが僕から離れていってしまうのではないかという思いに捕われてしまうのをどうしても抑えることができなかった。

『わかってないだろ』

佳樹がまた僕の心を正確に言い当てる。

「わかってるんだ……頭では」

『カラダじゃわからない？』

佳樹の無理な軽口が沈黙を呼んだ。

「……うん。わからないかも」

しばらくしてから、くす、と笑って答えた僕に、

『馬鹿』

佳樹も笑って答えると、長くなったからそろそろ切るわ、と唐突に電話を切ろうとした。

「佳樹」

思わず僕は彼を引き止めるべく名を呼んでしまった。

『何?』

「……」

何を言おう、と僕は考え——神部はなぜ、アメリカ行きを『今』選んだのだろうという答えを得てないことに気づいた。

「どうして……急に神部は……それに佳樹も、そんなこと言い出したんだ?」

『……』

佳樹は電話の向こうでしばし沈黙したあと、やがて小さく息を吐くと、意外なことを言ってきた。

『神部にさ、話したんだ。お前がファンに会った、という話』

「え?」

それで、と問いかけようとした僕の声に被せるように佳樹は、

『惚れたなら、俺たちに構わなくていいんだぜ?』

そう笑うと、僕の答えを待たずにそのまま電話を切ってしまった。

「もしもし⁉」

惚れたって――僕が山田氏に惚れたと二人は思った、というのだろうか。

『惚れたか？』

そう――あの夜も佳樹は僕にそう尋ねてきた。

『まさか』

笑って答えた僕の言葉を、彼は『ＹＥＳ』ととったとでも――？

違う、と僕は再び彼の携帯の番号を押しかけ――のろのろと受話器を下ろした。

『あなたのファンなんです』

煌めく瞳でそう告げた彼に、僕は確かに――惹かれていた。

だから彼に誘われるがままに部屋までついていったのだったし、求められるままに身体を投げ出しそうにもなった。が、それは――。

『他に好きな人ができたら』

だから、なのか、と僕は電話の前で膝を折り、ずるずると身体を落としてその場に蹲った。

僕にそんな男ができたと思ったから、神部はアメリカ行きを決意し、佳樹は僕にあのようなことを告げ――。

「そんな……」

言葉が出てこず、僕は床にへたり込んだまま、ぎゅっと自分の身体を抱きしめた。今こそ僕を支えてほしいと願う四本の腕に救いを求めることができず、僕はそのままいつまでも一人震え続けた。


月曜日、出社した僕の机の上には、なくしたはずの携帯電話が乗っていた。

「これ？」

驚いて周囲の人に尋ねると、忘れ物が届いていると警備室から連絡があった、とアシスタントが教えてくれた。

「……」

山田氏だ、ということはわかりきっていたが、彼が何を思って会社までこれを届けてくれたのかまでは僕にわかるはずもなかった。取引先の人であることを考えても、このまま礼も言わずに放置しておくわけにはいかない、と僕は携帯を持って外へ出た。周囲に会話を聞かれたくなかったからだ。

山田氏の携帯にかけると、すぐに彼は応対に出てくれた。

『はい』

「もしもし……」

声を聞いた途端、何を言ったらいいかまるで考えていなかったことに改めて気づき、僕はしばし電話を持ったまま黙り込んでしまった。

『……ああ、携帯、ちゃんとお手元に届いたのですね』

ほっとしたように笑った山田氏に、僕は慌てて、「本当に申し訳ありませんでした」と携帯を届けてもらったことを詫びた。が、山田氏はこの謝罪を別の意味にとったらしい。

『いや……謝らなければいけないのは僕のほうです』

真摯な声でそう言うと、改めて僕に詫びてきた。

『あなたが酔っているのをいいことに……本当に申し訳ありませんでした』

「いえ、そんな……」

慌てる僕に、

『僕も酔っていた、という言い訳はしません。本当に申し訳なかったと思っています。それでも……』

山田氏は熱のこもった口調でそう続けると、一瞬の沈黙ののちに驚くようなことを言い出した。

『僕は……あなたが好きなんです』

「山田さん……」

僕は再び絶句してしまった。山田氏はまた、すみません、と詫びたあと熱く言葉を続けた。

『ですから、酔った上の行為とは考えていただきたくありません。僕は本当にあなたのことが……』

「山田さん」

僕は彼の言葉を思い切って遮ると、昨日一日考え、自ら導き出した結論を語り始めた。

その日の夕方、僕は佳樹と神部に電話をした。三人で会いたい、と言うと、二人ともそれぞれに躊躇《ちゅうちょ》する素振りを見せたが、何時でもいいから、と粘ると僕の家に来ることを承知してくれた。

十時すぎに彼らは揃《そろ》ってやってきた。

「メシは？」

と聞くと二人とも食べてきたという。

「姫は？」

「食べた」

「そう」

会話がなかなか継続しない。僕は冷蔵庫からビールを出すと一缶ずつ彼らに渡し、自分もプルトップを上げ飲み始めた。

「……どうしたの?」

しばらく三人で無言で飲んでいたが、最初に口を開いたのは佳樹だった。

「うん……」

僕はどう言おうかと一瞬考えたあと、顔を見合わせた佳樹と神部に向かい、決意を固め、話し始めた。

「あのさ……」

「何?」

「どうしたの?」

二人は口々に尋ねながら、僕の顔を覗き込んでくる。

「……今まではずっと二人に頼りきっていたけど、これからは……」

声が緊張に震えているのが自分でもわかった。神部と佳樹はそんな僕からそれぞれに目を逸らせる。

「これからは……」

「もういいよ」

神部が僕の言葉を遮ると、な、と佳樹のほうを見た。佳樹も無言で頷き、二人して僕を見て笑った。

「よくないよ」

僕はビールの缶を床に置くと、二人の前に膝をついたままにじり寄った。

「え？」

驚いたように僕を見つめる四つの目がある。

「……これからは、頼るだけじゃない。僕も二人に頼られるよう頑張る。だから……」

言いながら僕は神部を見つめた。

「……だから？」

神部が変に掠れた声で問い返してくる。

「……待ってるから」

そう言って僕は神部の手を片手で摑み、もう片方の手で隣に座る佳樹の腕を摑んだ。

「姫」

ますます驚いたように僕を見る彼らをかわるがわるに見直し、僕は再び神部を見やると口を開いた。

「……佳樹と二人で、待ってるから。二年くらい、軽く待てるから。だから……」

そのとき、神部が僕の身体を引き寄せ、力強く抱きしめてきた。僕は佳樹の腕を摑んだまま、空いたほうの手で神部の背をぎゅっと抱きしめ返した。

「……帰ってきてくれるよね」

「当たり前だ」

神部が僕の肩に顔を埋め、さらに強い力で僕を抱きしめる。

「……なんか俺って邪魔?」

佳樹がほら、と自分の腕から僕の手を外すと、その手を神部の背に回してくれる。

「邪魔なわけがない」

神部に抱きしめられながら佳樹を見て笑うと、

「安心したよ」

佳樹も笑って僕の髪を撫でてくれた。

「……行くのやめようかな」

僕を抱いたままぼそりと神部が囁く。

「……最低」

呆れてそう言い捨てた僕の言葉に、皆が笑った。

「そういや……ファンはどうしたの?」

それから何缶かビールを空けたあと、思い出したように佳樹が尋ねてきた。

「……彼じゃ満足できなかった」

「え?」

「どういう意味?」

それぞれに勢い込んで尋ねてきたところをみると、本当に彼らは心配していたんだなあ、と改めて気づいた。

「文字どおり。誰かさんたちのおかげで、一対一じゃ満足できない淫乱《いんらん》なカラダになっちゃってることがわかったもんで、丁重にお断りした」

「嘘をつけ」

佳樹が笑って僕の言葉を遮った。

「嘘？」

傍らで神部が驚いたように彼を見る。

「『満足できなかった』なんて、そいつとは寝てもいないくせに」

にや、と笑う佳樹に、

「ほんとか？」

神部は問い返し、答えを求めるように僕を見た。

「……………」

口を尖《とが》らせたことで肯定とわかったんだろう、神部は笑いながら両手を広げ、「おいで」と僕を招いた。

「誰かさんたちが、満足させてあげましょう」

「淫乱なカラダをね」

佳樹も僕に向かって両手を広げてみせる。

「……よろしくお願いします」

僕は二人に手を伸ばし、先に僕を抱き込んだ神部の胸に縋りついた。


九月になり、いよいよ神部がアメリカへと旅立つ日になった。

『見送りはいい』と神部は固辞したが、僕と佳樹は出発を無理やり土曜日にさせ、成田《なりた》空港まで見送りに行った。

搭乗手続きを済ませた神部を目の前に、僕は彼とともに過ごした年月を思い出してしまい、ほとんど泣きそうになっていた。空港のざわついた雰囲気が、逆に僕を感傷的にしていたのかもしれない。

「だから来なくていいって言ったのに」

神部が苦笑しながら僕の頭を乱暴なくらいの強さで撫でた。

「ウチのお姫様はほんと、涙もろいんだから」

佳樹も笑い神部と一緒になって僕の髪をくしゃくしゃとかき回した。

「よせよ」

彼らの手を振り払い、僕は手の甲で込み上げる涙を拭った。

「……二年なんてあっという間だって」

「夏休みにはさ、一緒に遊びに行こうぜ」

神部と佳樹がそれぞれに僕の肩を両側から叩いてくれる。

「……うん」

彼らのフォローにますます涙が止まらなくなり、俯いたまま僕は手の甲で両目を拭い続けた。

「仕方がないなあ」

佳樹が溜め息をつき、さあ、と僕の背をどやしつけるように強く叩く。

「何?」

神部がその勢いに驚いて佳樹を見たのがわかった。

「トイレ、行く?」

「トイレ?」

問い返した途端、神部には佳樹の意図がわかったんだろう。

「……ま、当分会えなくなるからな」

苦笑するように笑うと僕の背に腕を回し、

「行きましょう、お姫様」

と泣いている僕の耳元にそう囁いたのだった。

「……スリリングだねえ」

ちょうどトイレ内は無人で、僕は二人に促されるまま一番奥の個室に入った。神部と佳樹も僕のあとに続いて同じ個室に入ってくると
「狭いな」

などと言いながら中から鍵をかける。

「ドアの下、開いてるじゃん。やばいんじゃない？」

「ほんと、バレたら捕まるよな」

こそこそ言い合いながら佳樹が便座に腰かけ、僕をその前に立たせるとジーンズのボタンを外した。ファスナーを下ろした彼が驚いたように僕を見る。

「なんだ、穿《は》いてないの？」

「準備万端ってことか」

ジーンズの下に僕は下着をつけてこなかった。期待したわけじゃないが、やはり心のどこかでこうなることを望んでいたのだろう。

「はい、だっこ」

僕の身体をひっくり返して背中からそれこそ「抱っこ」した佳樹は僕の足首までジーンズを下ろすと、ペロリと自分の指を舐めて湿らせ、後ろに挿入させてきた。

「……っ」

軽い痛みに声が漏れそうになるのを飲み込んだ気配を察した佳樹が、

「声はね、響くからカンベンしてね」

と僕の耳元で囁き、ぐるりと中をかき回す。

「……っ」

再び息を呑んだのは、僕たちの前に跪いた神部が僕の雄を咥えたからだ。明るいトイレの中、耳をすませば外に人の気配がする。気づかれたらどうしようと焦りながらも急速に昂まる自身を抑えることができず、僕は両手で口を塞いで込み上げる喘ぎを必死で飲み下した。

「入れるよ」

小さな声でそう言った佳樹が、取り出した自身の雄を軽く慣らした僕の後ろにゆっくりと挿入する。すべて収めきったあと、彼は僕の脚を大きく開かせて、両腿を抱え上げ、幼児に用を足させるようなポーズをとらせた。

「……っ」

自分の格好を見下ろし、羞恥のあまり僕は佳樹の手から逃れようと身体を捩る。

「いい眺めだな」

立ち上がった神部が僕を見下ろし笑うのに、佳樹は、

「お前も来る？」

と僕の脚をさらに持ち上げ、後ろを両手で広げてみせた。

「……ま、当分会えないしね」

神部がかちゃかちゃと音を立ててベルトを外し、勃ちきった自身を取り出すのを見ているだけで、僕はさらに昂まる自身を抑えることができず、自分の掌に歯を立て、漏れそうになる声を抑えた。

「中腰はきついなあ」

ちょっと立ってよ、と苦笑しながら、神部は佳樹が両手で広げたそこに雄をねじ込んできた。

「……ぁっ」

両腿を持たれて身体を上下させられ、さらに佳樹に突き上げられた上に神部にも腰を使われる。恐ろしいほどの快感にほとんど意識を飛ばしてしまいそうになりながら、僕は目の前の神部の首にしがみつき、必死で自分の掌を噛んで声を抑えた。

「ああ、血が出てる」

神部が気づいて片手を回し、僕の口から手を外させようとする。一瞬彼の動きがやんだことで、僕は無意識のうちに腰を彼へとぶつけ、彼の意識をそちらへと導いた。

「……早くしましょっ……いい加減……人が気づくだろ……っ」

佳樹が小さな声で囁くと、神部も了解、と頷き、再び激しく突き上げてくる。

「……ッ」

熱い——熱い迸《ほとばし》りを同時に感じ、僕は声にならない悲鳴を上げながら自分も達してしまった。

「……大丈夫？」

神部が僕に覆い被さってきたとき、ずる、と彼の雄が抜け、その感覚に僕は微かに息を漏らした。

「パンツ、穿いてこなかった甲斐《かい》があったかな？」

くすと笑いながら佳樹が自身を挿入させたまま、僕の尻を軽く叩いた。

「……うん……」

「素直だねえ」

言葉にならず、頷いた僕に神部が笑ってキスをする。

「問題は……個室《ココ》からどうやって出るか、だよな」

佳樹の言葉に、

「違いない」

と神部も笑い、僕も整わない息の下、思わず笑ってしまったのだった。

「元気で」

出国ゲートに向かう神部の背中に声をかけたとき、やはり僕は泣いてしまった。

「姫もね」

神部は僕の髪を撫でたあと、僕の身体を支えてくれていた佳樹の肩のあたりを軽く殴った。

「お前もな」

「ついでに言ってくれてありがとう」

佳樹は笑って神部の肩を叩くと、僕の背を抱く手に力を込めこう言った。

「姫のことは、任せなさい」

「任せきるのも心配だけどね」

苦笑しながら神部が僕の顔を覗き込み、

「それじゃ、ね」

と微笑んだ。

「会いに行くから」

もう泣くまい、と唇を嚙みしめ、僕も彼に笑いかけた。

「俺も一緒に行ってやる」

「お前はいいよ」

神部と佳樹がふざけて笑っている。

「それじゃな」

そろそろぎりぎりの時間なのだろう、神部は名残惜《なごり》しそうに僕たちに片手を上げたあと踵《きびす》を返し、出国ゲートの中へと入っていった。僕はしばらく彼の消えたゲートを、佳樹に身体を支えられたままぼんやりと見つめていた。

「行きますか」

佳樹が僕の背を叩く。

「……こんなに寂しいってことはさ」

僕は彼に促されて歩き出しながら、思わずぽつりと呟いた。

「ん？」

佳樹が僕の顔を覗き込む。

「きっと……愛してるんだよね」

「……妬《や》けるねえ」

僕の言葉に佳樹は苦笑し、背中を抱く手に力を込める。

「……こうしてると寂しさが癒されるような気がするってことは……」

僕はそんな彼の顔を見上げると、「ん？」と再び僕の顔を覗き込んできた佳樹に向かい、

「きっと愛してるんだよね」

と笑った。

「……もっと癒してあげましょう」

ウチに来るだろ、と佳樹が僕に囁く。

「行くけど……今日はもう無理だな」

「またまた。ご冗談を」

「冗談なわけないだろ？　だいたいあんなところで……っ」

自然と軽口を叩き合っている自分たちに気づき、僕は改めて佳樹に笑いかけ、佳樹も僕を見下ろし笑った。

空港の駐車場で僕たちは空を見上げ、頭上を飛ぶ飛行機を指差しながら神部の乗ったＪＡＬはどれかと小一時間もそこで過ごした。

「行きますか」

佳樹が車のドアを開き、僕に向かって笑いかける。

「ご一緒させてください」

どこまでも、と笑い返した僕に、佳樹は少し驚いたような顔をしたあと、にっこり笑って頷いた。

抜けるような青空の下、佳樹の家へと車を走らせながら、僕たちはずっと神部の話をしていた。

each and all

1 〈side　神部直人《かんべなおと》〉

『シャワーあいたよ、ナオト』

ノックとともに開いたドアの間から、ルームメイトのアロイスが顔を覗《のぞ》かせ声をかけてくる。

『ありがとう。使わせてもらう』

彼がバスタオルを腰に巻いただけの姿であるのは、自慢の裸体を僕に見せつけたいためだろう。カミングアウトをされたわけじゃないが、ルームシェアを持ちかけられたときから彼がゲイであることはわかっていた。

さらに言えば僕に気があることもわかっていたのに、それでも彼の話を受けたのは、何も金髪碧眼《へきがん》の整った容姿に惹《ひ》かれたわけではない。彼が提示した部屋代が破格の安さだったから、というのは理由のひとつではあったけれど、実際僕が彼と一緒に住み始めたのは、なんとなく人恋しかったからだった。

百八十五センチはあるアロイスと、百七十九センチの僕、身長差もあったが、体重差はさらにある。僕はもと長距離ランナー、たいしてガタイがいいわけじゃないし、何より日本人と西洋人の体格差は歴然としている。

すらりと背が高いために筋骨隆々に見えないが、逞《たくま》しい胸板といい、綺麗《きれい》に盛り上がっている肩の筋肉といい、アロイスは本当にいい身体《からだ》をしていた。

美しい筋肉は鑑賞用ではなく、親日家の彼はカラテの黒帯なのだそうだ。ゲイであり、かつ僕に気があり、しかも腕力では到底敵《かな》わない。事情を知れば大抵の人間は、ひとつ屋根の下に住むなんて危険だと思うに違いない。

言うまでもないことだが、僕は人恋しいという安直な理由から、貞操の危機を顧みないような馬鹿な男ではない。僕がアロイスとの同居に踏み切ったのは、彼の青い瞳《ひとみ》の中に、これでもかというほどのプライドの高さを見出したからだった。

腕力で押し倒すなどという野蛮なことは、彼の美学に反すると思われた。行為には必ず許可を求めるだろう。そのとき僕が『NO』と言えば、それでも、と粘ることもない。想《おも》う相手に想われぬなど、彼のプライドが許さないだろうからだ。

彼と暮らし始めて二ヶ月が経《た》つが、彼からその手の誘いを受けたことは一度もなかった。プライドの高い彼は今、僕を見定めている時期なのだ。僕がゲイであるかどうか、自分に好意を抱いているかどうか。

それを充分承知した上で、下手を打たないよう気をつけているがゆえ、彼が結論を出すまでにはあと数ヶ月はかかると思われた。

おそらく彼は僕に拒絶されたあとも、プライドからルームメイトとしての関係を続けるだろう。そこまで計算していたものの、その数ヶ月の間に僕はルームシェアを解消するつもりではあった。自分で言うのもなんだが、人の好意を弄《もてあそ》び、格安の家賃で広々とした部屋に住み続けるのが平気でいられるほど、悪人にはなりきれない。

まあ、今の時点で、アロイスにとっては充分『悪人』だろうけれど、と肩を竦《すく》め、支度をしてバスルームへと向かう。アロイスは育ちがいいためか、または彼自身細かい心配りができるからか、あとに使う僕のために、それは綺麗にバスルームを掃除してくれていた。

僕もどちらかというと几帳面なほうだが、アロイスはその上をいく。部屋もいつも整然としており、服装も『端整』という表現がぴったりくるきちんとした格好をしていた。

その上法律家とくれば、四角四面な人間を想像しがちだが、会話はウイットに富み、話題は豊富で話していて退屈することがない。心根も優しく、人の痛みを自分の痛みのように感じる温かな性格をしている。

加えて容姿は驚くほどに端麗だ。恋人にするには最高ランクに位置する男だろう。

それでも――。

面倒なのでシャワーで済ますことにし、蛇口を捻《ひね》る。迸《ほとばし》る湯の温度は僕に合わせて少し高めになっていた。

「…………」

こんな細かいところにまで気を配れる彼と、もし付き合うことにでもなれば、彼はさぞ僕を大切にしてくれるだろう。抱かれる側に回ったことはないが、たとえ抱かれたとしても、それは優しく丁寧に扱ってくれるんじゃないかと思ったが、僕が彼に身を委《ゆだ》ねる可能性はゼロだ。

理由はいたって簡単で、すでに僕には心に決めた相手がいるからだった。迸るシャワーの湯に頭を突っ込み目を閉じた僕の脳裏に、彼の――僕が心に決めた相手の顔が浮かぶ。

離れ離れになってからまだふた月しか経ってない。僕が地方のどさ周りに出ていた頃だって、そう頻繁には会えなかったのに、なぜ今こうも僕の胸は寂しさに疼《うず》くのだろう。

きっとそれは、彼の気持ちを聞いたせいだ。彼も僕を求めてくれているのだと、はっきりと告げるその言葉を聞いたとき、愛《いと》しさはますます募り、湧《わ》き起こる彼への恋情を抑えきれなくなった。

相当本気で、アメリカ留学をやめようかとまで思ったのだが、すでにキャンセルできないところまで話が進んでしまっていて、留学先の学校を変えるのが精一杯だった。

普通、アメリカで弁護士の資格を取るには二年かかるが、ニューヨーク大学だけは一年で取得ができる。彼の元を離れるのはたとえ一年でも耐えがたかったが、これで本当に留学をキャンセルなどすれば社会人失格だと己を律し——律するまでもない、ということはもちろん僕にもわかっている——必ず一年で資格をとるべく日々勉学に勤《いそ》しんでいた。

元気にしているだろうか——瞼《まぶた》の裏で幻の彼が、少し寂しそうな顔で笑っている。

『会いたいよ』

実際彼からは何度もその言葉を告げられていた。国際電話は英語が苦手な彼には敷居が高いようで、主にメールでだったが、二日に一度は必ず彼からメールが入り日常を教えてくれる。

そういえば今夜はまだメールが来ていなかったな、と思い出す僕の頭の中では、彼の肩を抱き、『よ』と笑いかけてくる友の姿が浮かんでいた。そういや、今日から二人で京都《きょうと》へ向かうと一昨夜《おととい》のメールに書いてあったっけ、と一人頷《うなず》き、一旦シャワーを止めて身体を洗い始める。

モバイルを持っていくとは思えないから、メールは週明けか、と思うと、一抹の寂しさを覚えた。京都のホテルで二人はさぞ仲睦《なかむつ》まじく過ごすのだろうと想像できるだけに、寂しさがまた募る。

だが不思議と嫉妬《しっと》を覚えることはない。僕にとっては二人とも、誰《だれ》にも代えがたい存在だからだ。

大学に入学し、競走部に入ったそのときから、僕は彼に——姫川悠一《ひめかわゆういち》に恋をした。

男に恋愛感情を抱いたことはそれまでなかったのに、なぜか彼には目を奪われ、視線を外すことができなくなった。

『姫』というあだ名に相応《ふさわ》しい綺麗な男だ。少女よりも華奢《きやしや》な体格をしており、少女よりも蠱惑的《こわくてき》な瞳をしていたが、ただ綺麗というだけなら、僕がすべてを投げ出しても手に入れたいと思うこともなかったろう。

強さと脆《もろ》さが共存している、というのが彼の第一印象だった。もともと長距離ランナーには精神力の弱い人間はそういない。彼の瞳にも強い意志の光はあったのだが、ふとしたときにその瞳の中に垣間見える脆さが、僕をああも引きつけたのかもしれない。

愛しい、という想いを僕に教えてくれた最初の人間が姫だ。それまで何人か女性と付き合ったことはあったが、胸が熱くなるほどの愛しさを感じたことは一度もなかった。

惹かれる気持ちのままに僕は彼に接触し、同じ新入部員同士であることを最大限利用しつつ友情を育んでいったが、部内には僕以外にも、彼に熱い視線を向けている男がいた。

中村佳樹《なかむらよしき》——男の僕から見ても惚《ほ》れ惚《ぼ》れするほどのナイスガイだ。

彼もまた、二面性を持つ男だった。外見は男らしいことこの上ないのに、内面はひどく繊細だ。繊細といっても脆いわけではない。誰にも勝る強靱《きようじん》な精神力があるゆえ、周囲に細やかな心配りができる、そんな男だった。

彼もまた僕が姫に恋しているということをすぐに察したようだ。

『好きなの？』

最初に問いかけてきたのは、彼だったと記憶している。

『お前は？』

問いに答えず逆に問い返した僕に、佳樹は『好きだよ』と頷き笑った。その男らしさ、潔さに僕は憧《あこが》れを抱きつつも、負けじと『僕もだ』と頷いたのだった。

互いに牽制《けんせい》し合ったというわけではなく、示し合わせたわけでもないのだが、僕も佳樹も姫に『好きだ』と告白はしなかった。まさに暗黙の了解、何も言わなくとも、お互いが胸に、このままずっと姫の傍にいたいという願いを抱いていることを僕たちはよくわかっていた。

姫が長距離選手への夢を断たれ、競走部を辞めることになったときにも、僕たちは相談ひとつしないうちに、それぞれに『退部届』を用意していた。佳樹の考えそうなことは僕にはすぐわかったし、佳樹もそれは同じだったろう。

もしかしたら世界中で彼ほど気持ちが通じ合っている相手はいないかもしれない。大学の卒業旅行で秘めてきた想いを打ち明けよう、ということも、僕たちはなんの相談もなしにそれぞれの胸の中で決めていた。

あれからもう、三年以上経つ。互いに進むべき道は違ったけれど、姫と佳樹、それに僕の関係は変わることなく続いている。

世間に知れれば眉《まゆ》を顰《ひそ》められるであろう関係だということはもちろんわかっている。男同士というだけじゃなく、三人で交わり合うなど、AV並みのえげつなさだと人は言うかもしれない。

やってる当人たちは、それほどえげつないとは思ってない。人には言えないなと自覚しているあたり、インモラルであるという意識はあるが、アブノーマルだとは思わなかった。

いや、思わないようにしていた、というべきか——いつしか考えごとをしていた僕は、ピチョン、と天井から降ってきた雫《しずく》に我に返ると、何をぼんやりしてるんだか、と自嘲《じちょう》し手早く身体を洗い終えた。

シャワーで流し、髪を洗ってバスルームを出る。濡《ぬ》れた髪をタオルで拭《ぬぐ》いながらリビングへと向かうと、テレビを見ていたアロイスが『ナオトも飲まないか?』と手にしたビールを掲げてみせた。

『いただこう』

アロイスはすでにTシャツとスウェットを身につけていた。テレビを観《み》ていたように装っているが、映っている画面は日頃から彼が『興味の欠片《かけら》もない』と言っているアメフトの試合だった。

キッチンへと進み、冷蔵庫からビールを取り出してリビングへと向かう。自分のミスに気づいたのか、アロイスはすでにテレビを消していた。

『ウィルソン教授のレポート、どうした?』

『昨日仕上げた』

話題を振りながら、ちら、とアロイスが僕の剝《む》き出しの足を見る。普段寝るときにはTシャツとトランクスなので、風呂《ふろ》上がりに僕はそれらを着ていた。彼には刺激が強すぎたかとは思ったが、僕はあえて気づかぬふりを装い、『君は？』と問い返した。

『苦戦中だ。テーマがイマイチ定まらない』

『あの教授には、直球のほうがいいと思うよ。あれこれと凝るとかえって減点されそうな気がする』

二人の間で、会話がごくごく自然に進んでいく。僕の答えに、『そりゃ困る』と笑った彼の声もそれは自然なものだったが、ふと目を伏せビールを呷《あお》る直前、彼の目が再び僕の足へと注がれたのに気づかぬ僕ではなかった。

『あくまでも私見だけれどね。もしかしたら昨日提出した僕のレポートにCがつくかもしれないし』

言いながらさりげなく足を組んでみせると、気づかれたと案じたのか、アロイスの白皙《はくせき》の頰《ほお》に朱が走り、視線があからさまに宙を泳いだ。

動揺させてしまった、と心の中で肩を竦めると同時に、狙《ねら》ったくせに、と反省する。人の好意を弄ぶとは、いい加減バチが当たるぞ、と自らを戒め、僕は『何か食べようか』と立ち上がり、キッチンへと向かった。

『チーズでも切ろうか』

『それならビールじゃなくワインにする？』

『いいね』

会話がまた、ごくごく自然に流れ始める。気づかれたわけではないと安堵《あんど》したんだろう、アロイスもまたキッチンへとやってきて、僕が閉めた冷蔵庫のドアを開き、白ワインを取り出した。

僕がチーズやサラミを切っている間に、アロイスがワインを開け、僕らは二人してまたリビングに戻ると、アロイスが用意してくれていたグラスを合わせた。

『乾杯』

『乾杯』

チン、とグラスが鳴る音が、リビングに響き渡る。その後僕たちは授業の話やら、教授の噂《うわさ》話やら、どうということのない話題でひとしきり盛り上がった。

『ねえ……』

ワイングラスを傾けながら、アロイスがじっと僕を見つめてくる。飲み始めてから三十分ほど時間が経っていた。目の縁が微《かす》かに赤く染まっているところをみると、少し酔っているのだろう。

酔いに任せて告白されたら困る――我ながら卑怯《ひきょう》と思いつつ、僕はグラスを置いて立ち上がった。

『ああ、しまった。上司に報告書を提出するのを忘れていた』

『……ああ……』

唐突な僕の動作に、アロイスは一瞬面食らった顔になったが、すぐに微笑《ほほえ》みを浮かべ『そう』と頷いてみせた。

『あまり酔わないうちにやってしまうことにするよ』

それじゃあ、と僕はワイングラスをテーブルに下ろし、あとで片づけるから、と言い置いて自分の部屋へと引き上げた。

ドアを閉めるとき、ちら、とアロイスを振り返ると、

『おやすみ』

にっこりと微笑み、声をかけてくれたけれど、彼の目は相変わらず熱い光を湛《たた》えていた。いい加減にしないと痛い目をみることになる。アロイスもそろそろ限界なのかもしれなかった。彼の気持ちを知りながら、気づかぬ振りを通すなど、彼の心を弄ぶという以外に表現できないひどい仕打ちだ。

頭ではわかっている。わかっているのに、その『ひどい仕打ち』に僕を駆り立てるのは、彼と――彼らと会えない寂しさだった。

寂しい――そう、僕は寂しいのだ。泣き出したいほどの、叫び出したいほどの寂しさに常に苛《さいな》まれている。

その寂しさを癒《いや》すことができるのは、他者の愛情だった。なぜなら僕の寂しさもまた、愛情の欠落に起因するものだからだ。

だからといって、その気もないのに、自分に愛情を抱いているであろう男を傍に置くなど、不遜《ふそん》であることこの上ない。

きっと近いうちに報復を受けるぞ、と呟《つぶや》きながら僕はパソコンを立ち上げ、メールを開いた。

『上司に連絡を入れなければ』というのは嘘《うそ》だった。もちろん報告は求められていたが、月に一度でよく、今月の分は先週送ったばかりだった。それでも僕がメールを開いたのは、アロイスへの言葉を完全に『嘘』とするのに躊躇《ためら》いを覚えたためだ。

実際に上司にメールをすれば、あの言葉は『嘘』ではなくなる。上司とて、マメに連絡を入れれば、喜ぶだろう。

さて、何を打つか、と思いながら、アウトルックの画面の中、受信トレイに次々と現れる新着メールをぼんやりと見つめていた僕は、目に飛び込んできた見覚えのある——ありすぎるほどにあるアドレスに慌ててカーソルを合わせた。

開く間にも、次々と新着メールが来るものだから、二度ほど失敗したあと、ようやく目当ての本文を見る。

『こんばんは。神部、元気にしてる?』

メールは、僕が誰より待ち望んでいた相手——姫からだった。彼のメールの文頭は必ず挨《あい》拶《さつ》から始まる。朝なら『おはよう』、昼、会社のアドレスからくれるときには『こんにちは』、そして夜は『こんばんは』だ。

そのあと必ず『神部、元気？』と続くのもまたいつものことなのだが、今夜は佳樹と出かけているからメールは来ないだろうと思っていた、と僕は続く文面を目で追った。

『今、京都。佳樹が予約してくれた町家風の旅館はなかなかいいよ。今度日本に帰ってきたときに神部も一緒に行こう』

モバイルでも持っていったのだろうか。めずらしいな、と思いながら続きを読む。

『ホテルの部屋に備えつけのPCがあったのでメールした。京都旅行の気分を神部にも味わわせたくて』

ああ、そういうことか、と頷いた僕は、次の一行が伝える驚きと喜びに、思わず「あ」と小さく声を上げた。

『また詳細詰めたら連絡するけど、再来週、休みが取れそうなので佳樹とニューヨークに行こうと計画してるのでよろしく。神部は忙しい？　夜くらいは一緒にいられるかな？』

来るのか――？　電話をかけることすら躊躇《ちゅうちょ》する彼が、遠く離れたこのアメリカまで来てくれるというのか、と思う僕の胸は高鳴り、頬には知らぬうちに笑みが浮かんでくる。

僕がこうも彼に会いたいと思っているのと同じ気持ちを、彼も抱いてくれている。それが嬉《うれ》しくて仕方がなかった。

再度メールをチェックするのは日本時間で夜だろうとは思いつつ、僕はすぐに彼のメールに返信を打ち始めた。

『相当ホームシックにかかっていたので、姫と佳樹が来てくれるのは嬉しい。確かに休みじゃないが、大学に通う以外の時間はともに過ごせると思う。ホテルの手配などはこちらでやるから日程を教えてくれ』

嬉しさのあまり、ついつい長くなってしまっていたメールを読み直し、推敲《すいこう》して送信ボタンをクリックする。

返事はおそらく明日か、下手すると帰京した明後日《あさって》になるだろうと思いながらも、顔が笑ってしまうのを僕は抑えることができないでいた。

姫が来る——佳樹とともに僕に会いに来てくれる。まだ離れ離れになってから二ヶ月しか経ってないのに休みが取れたからと、来てくれる気持ちが嬉しかった。気が早いけれど、アパート近くのホテルはどこか、と検索し始めた途端、電話の鳴る音が室内に響いた。

「Hello？」

もしや、という期待と、まさか、という猜疑《さいぎ》が交差する。受話の向こうから聞こえてきたのは、僕の期待を裏切らない声だった。

『元気？』

「佳樹か。どうした？」

電話をかけてきたのは、今、姫と京都にいるはずの佳樹だった。国際電話がハードルが高いとは少しも思っていない彼だが、かけてくるタイミングがよすぎる。

もしやメールを読んだのか、と思いつつ問い返すと、さすが佳樹、またも期待と予想を裏切らない答えを返して寄越した。

『いやね、お姫様が感動しちゃって、お前と話がしたいって。自分じゃかけられないからって俺にかけさせたんだよ。今、替わるから』

そう言い、佳樹が僕の返事を待たずに『ほら』と受話器を渡す気配が電話越しに伝わってくる。

『もしもし?』

続いて響いてきた声は、僕がこの二ヶ月間、聞きたくてたまらなかった彼の——姫のものだった。

「姫? 声を聞くのはずいぶん久しぶりだね。元気だった?」

胸の鼓動は、自分でもどうしたのかと思うくらいに跳ね上がっていたし、頬には恥ずかしいほどに血が上っていた。だが僕の口から告げられたのは、だから『クール』などという評価を受けるのだと納得できるような冷静きわまりない言葉で、なんだか自分で笑ってしまった。

そこへいくと姫は実に自分に正直に、自身の気持ちを体現する。

『もうすぐチェックアウトの時間なんだけど、なんとなく気になってメールチェックしてみたんだ。そしたら神部のメールが来てたから、なんだか嬉しくなっちゃって……』

うきうきと、それは楽しげに喋《しゃべ》る姫の口調に、僕の胸にはますます熱いものが込み上げ、目の奥までもが熱くなった。

「運命感じた？」

それでもやっぱり口調はふざけたものになってしまうのだが、声は微かに震えた。それを感じたのか、姫が電話の向こうで息を呑《の》む。

「どうしたの？」

こうも感激していると気づかれるのは恥ずかしい。それゆえ、そっけなくさえ聞こえるように問い返した僕の耳に、姫の掠《かす》れた声が響いてきた。

『うん、感じた……運命』

「姫……」

姫は明らかに泣いているようだった。我慢していた僕の目にも涙が滲《にじ》んでくる。

『に……二週間後には……会いに行くから』

啜《すす》り上げながら、やっとという感じで姫がそう告げたのに、僕もまた震える声で「待ってる」と答えた。が、今度電話の向こうから返ってきたのは姫の泣き声ではなかった。

『まったく、お姫様を泣かしてくれちゃって』

苦笑する佳樹はおそらく、姫の背を抱いているのだろう。彼の肩に顔を埋《うず》め泣く姫の姿を想像する僕の胸に一瞬羨望《せんぼう》が立ち上った。

「どうせお前が慰めるんだろう?」

『誰を思って泣いてるんだって話だよ』

ちくりと嫌味を言った僕に、佳樹も嫌味で返してくる。相変わらずだ、と僕らは同時に噴き出した。

『というわけで、再来週にはソッチに行くから。いろいろとよろしくな』

「ああ、諸々《もろもろ》任せてくれ」

僕の返事に佳樹は『任せた』と笑ったあと、ちょっと待ってくれと言い、電話を姫に替わった。

「姫、大丈夫?」

『うん』

ようやく落ち着いたのか、姫の声に笑いが滲んでいるのがわかる。

『それじゃあ、神部、二週間後に行くね』

「ああ、待ってる」

チェックアウトに間に合わなくなる、と、最後は簡単な挨拶をして彼らは電話を切ったのだが、ツーツーという発信音しか響いてこない受話器を、僕はしばらくの間戻すことができずにいた。

姫が来る——二週間後にまた、姫や佳樹に会えるのだと思うだけで、頬は緩み、鼓動がやたらと高まってくる。

『うん、感じた……運命』

掠れた姫の声の残響を求め、じっと耳を澄ませていた僕は、ドアをノックされる音にはっとし、ようやく受話器を戻した。

『はい?』

『ナオト、もう寝た?』

ドアの向こうからアロイスが声をかけてくる。

『空腹だったもので、パスタを茹《ゆ》でた。よかったら一緒に食べないか?』

おそらく彼は、僕が唐突に席を外したことを気にしているのだろう。自分の劣情が知れたのではないかと案じているらしい彼の気持ちは痛いほどにわかるので、僕は明るい声で『ありがとう』と答えると、立ち上がりドアを開いた。

『メールは打ち終わった?』

アロイスがどこかほっとした顔で、問いかけてくる。

『ああ。終わった。いくらお金を出してもらっているからとはいえ、経過報告もなかなか大変だよ』

嘘の上塗りをしてしまったことへの罪悪感に苛まれつつ答えた僕は、もっと罪悪感を抱くことがあるだろう、と自らにツッコミを入れた。

アロイスの気持ちに気づきながらも、気づかぬふりを通していることに対してこそ、罪悪感を抱くべきだ。

姫に会えない寂しさを紛らわせるため、自分に好意を寄せてくれている相手を傍《そば》に置く。人としてどうなんだ、といつになく自己を反省するのは、姫の声を久々に聞いたせいだと思われた。直接会えるとわかった途端に、人としての心を取り戻すとは、我ながらゲンキンだな、などと僕が考えていることを知る由もないアロイスは、『大変だね』と心から同情した口調で相槌《あいづち》を打つ。

『白ワインを飲んでたんで、アサリのペペロンチーノを作ってみた。アサリ、好き?』

『ああ、好きだよ。ありがとう。夜中に豪華だね』

でも太るな、と笑った僕にアロイスが『そうだね』と笑い返す。彼の顔がひどく幸福そうに見えることにまた、僕の胸には罪悪感が芽生えたものの、同時に僕は頭の中で、二週間後、彼が数日家を空けてくれるとラッキーなのだけれどという、なんとも図々しいことを考えていた。

ひどい、という自覚はあるが、まるで行動に結びついていない。本当に人としてどうなんだ、と反省しながらも、二週間後に恋しい相手に会えるという喜びに心が浮き立つことを僕は抑えられずにいた。

2（side 姫川悠一）

忙しさから休日出勤が続いていたのだが、それが人事部で問題になったらしく、強制的に休日出勤した三日分の休暇を取らざるを得なくなった。

休んだら休んだで、再び出社したあとがまた大変になるんだけど、と溜《た》め息《いき》をついた次の瞬間、そうだ、神部のところに行こう、と思いついた。

彼が渡米してから二ヶ月が経つ。クリスマス頃には帰国すると言っていたが、それより前に会いに行ってしまおう、と決めたと同時に、僕は佳樹に電話した。

『再来週？　ああ、大丈夫だと思うけど』

急な誘いに佳樹は一瞬の戸惑いを見せたが、すぐにその場でＯＫの返事をくれた。佳樹の勤め先は財閥系の総合商社なのだが、そう簡単に休みが取れるのだろうかと案じてみせると彼は、

『任せなさい』

いつものようにそう笑って答えたあと、それこそ、エアチケット諸々、準備は任せるよう

にと言い電話を切った。

思いつきが現実の行動へと確実に進化していく。すぐに佳樹からは、エアチケットが予約できたというメールが来た。水曜日から金曜日まで休暇を取り、土日をかけて三泊五日のニューヨーク滞在となる。ホテルなどはまた会ったときに相談しよう、と言う佳樹とは週末一緒に京都へ行くことが決まっていた。

京都旅行には佳樹が誘ってくれたのだった。最近僕に元気がないと、心配してくれたのだ。自分としては、そんなに『元気がない』ような状態ではないと思っているのだが、佳樹には『見ちゃいられない』くらいに落ち込んで見えるらしい。

落ち込んでいる、というよりは、心にぽっかりと穴が空いてしまったような寂しさに僕は捕らわれていた。寂しさの原因は考えずともわかっている。神部が遠くニューヨークにいるせいだ。

待っている、と僕は自分で彼に告げたし、二年くらい——結局一年に期間は短縮されたが——軽く待てるから、とも言ったが、実際神部が渡米したあとに僕は、とてつもない寂しさに陥ることとなった。

自慢でもなんでもないけれど、僕は英語が超がつくほど苦手だし、海外にも一度しか行ったことがない。因みにそれは一昨年《おととし》、神部や佳樹と一緒のハワイ旅行だったが、現地で僕は、決して一人にはしないでくれと二人にへばりついていた。

英語ができないせいもあるが、『海外に出る』という行為自体、高すぎるハードルだった。そんな僕にとってはアメリカは未《いま》だに遠い『異国』であり、訪れるどころか国際電話をかけることさえとてつもない『難関』なのだ。

そんな、易々《やすやす》と手の届かない遠隔地であるアメリカに神部はいる。寂しく思うのは、僕的には当然なのだが、「どうしてメールができるのに電話ができないんだ」と苦笑する佳樹にとっては、アメリカは遠い異国ではないようだ。

まあ、総合商社に勤めている時点で、彼にとって『世界』は手の届く範囲なんだろうと想像はできる。英語は堪能だし、これまでに何度か海外出張にも出かけていたため、飛行機にも乗り慣れていた。

彼には僕の『アメリカは手が届かない』という感覚が理解できないのだそうだ。それゆえ僕の寂しさを『落ち込んでいる』と捉《とら》えているのかもしれない。神部もまた英語は堪能だし、日本から海外に出るのを『難関』とは意識していない。なんだか僕ばかりが、一人時代遅れというか、社会人として当然の感覚に追いついていないというか、置いてけぼりを喰《く》らっているような感じだ。が、学生時代から何をさせても優秀な二人と、何をさせても凡庸――ならまだいいが、人より劣っているのでは、と思《おぼ》しき僕の間に差があるのは仕方のないことなのだ、と溜め息をつく僕の胸に、自己嫌悪の念が満ちてくる。

ずっと二人に頼りきっていた自分に反省し、これからは自分の足で立てる人間になるという決意はどうした。いくら一人では行きたくないからといって、佳樹が休みを取ってくれると見越して、アメリカ行きに誘うなど姑息《こそく》じゃないか、と思うにつれ、自己嫌悪は胸の中でどんどん広がっていく。

ここはひとつ、英語でも勉強して、『難関』をひとつ減らそうとか考えるべきだよな、と深く反省しながらも僕は佳樹に『ありがとう。また相談させてくれ』と決意とはま反対の頼りきったメールを返し、本当にダメじゃん、とますます反省を新たにしたのだった。

二週間はあっという間に過ぎた。たった三泊五日の旅とはいえ、久々の海外に僕は緊張してしまっていた。

飛行機はＪＡＬの直行便で、佳樹が安いチケットを探してきた。ホテルの手配は神部がしてくれるはずだったのだが、ルームメイトが気をきかせて三日間家を空けてくれるそうで、彼のアパートに厄介になることに決まっていた。

京都から電話で神部に渡米の報告をしたとき、感極まった彼の声を聞いた途端、胸が詰まり、恥ずかしながら僕は泣いてしまった。なぜにああも泣いたんだか、今考えてもわけがわからない。神部も僕に——僕や佳樹に会いたいと思ってくれていたことが、泣くほどに嬉しかったんだろうとは思うのだが、あれからまた佳樹は僕に、必要以上に気を遣うようになった気がする。

佳樹とは空港で待ち合わせ、正午発のＪＡＬで僕たちはニューヨークへと向かった。奇しくも神部を見送ったのと同じ飛行機だ、と言うと、佳樹は「これが一番便利だからね」と興奮する僕を見て苦笑した。

機内は快適からはほど遠く、あまり眠れもしなかったが、もしかしたらそれは座席の狭さは関係なく、単に間もなく神部に会えるということに気持ちが高ぶっているせいなのかもしれなかった。

「大丈夫？」

僕がまんじりともできないでいる気配を察したのか、佳樹が心配して声をかけてきた。

「楽しみで眠れないのはわかるけど、着いたら向こうは真っ昼間だからね。今寝ておかないと辛《つら》いぜ？」

「うん、ありがとう」

いつもながら僕の心を読む佳樹に僕は頷くと、これ以上彼に気を遣わせないようにと必死で寝ようと試みた。が、なかなか睡魔は襲ってきてくれず、結局十二時間以上の飛行時間中、一睡もできずに過ごした。

空港には神部が迎えに来てくれるはずだったのだが、どうしても講義が抜けられないということで、僕らは午後三時に直接彼のアパートを訪れることになっていた。

それまでの間、観光でもしようか、と佳樹に誘われ、神部が通っているニューヨーク大学を見に行ったあと、近くのイタリアンレストランで遅めの昼食をとった。

「どうした？　あまり食が進んでないようだけど」

佳樹が心配して僕の顔を覗き込む。イタリアンがいい、と言ったのは僕なのに、フォークを置きがちになっているのを心配してくれたのだけれど、僕の答えを聞くと彼はぷっと噴き出した。

「なんか緊張しちゃって」

「なんで緊張するんだよ」

わからないなあ、と笑いながら、佳樹がパスタをくるくると器用にフォークに巻きつける。

「はい、あーん」

「いいよ、自分で食べる」

前にもこうして佳樹はふざけつつも、食が進まない僕に食事をさせたことがあった。さすがに今回は人目が気になり、僕は首を横に振ったのだが、佳樹は「ほら」となおも僕の口元にフォークを突きつけ続けた。

「恥ずかしいよ」

「恥ずかしいことないだろ。ここはアメリカだぜ？」

自由の国、とでも言いたいんだろうか、と思いながら「いくらアメリカだって」と口を尖《とが》らす、その唇にフォークを押し当てられ、仕方なく僕は口を開いた。

「いい子だ」

にこ、と佳樹が笑い、僕の口からフォークを引き抜く。

「もう自分で食べるよ。人目もあるし」

「外国まで来て人目が気になるか？」

要は知り合いはいないだろうと言いたいらしいと気づき、その考え方は間違ってるんじゃないかなあ、と僕が口を開きかけたときには、また、佳樹はくるくるとパスタを巻きつけたフォークを僕の口元に運んでいた。

「佳樹、いいって」

「大丈夫。誰も僕らを見ちゃいないさ」

僕の抗議の声など軽く受け流し、佳樹が「はい」とフォークを突きつけてくる。

「どうしてそんなに意地悪なんだ」

まったくもう、と睨《にら》みながらも口を開いた僕に、佳樹は一瞬虚を衝《つ》かれた顔になると、

「意地悪……ねえ」

なんともいえない笑いを浮かべ、肩を竦めた。

「あ、もちろん、僕の身体を気遣ってくれてるってことはわかってるよ」

『意地悪』は言いすぎだったか、と慌ててフォローに回った僕の目の前で、佳樹はますます困ったような顔で笑うと、フォークを下ろし、僕の頭をぽん、と叩《たた》いた。

「悪い。もしかしたらジェラシーかも」

「え？」

意味がわからず問い返した僕は、返ってきた佳樹の答えに「あ」と声を上げそうになった。

「久々に神部に会うのに、食事も喉《のど》が通らない姫を見て、ちょっと妬《や》けてしまったのかも」

「……佳樹……」

なんとも答えようがなく、思わず名を呼んだ僕に佳樹は「なんてね」と笑うと、再びフォークを手に取った。

「冷めるよ。早く食べなさい」

「うん……」

また気を遣わせてしまった、と僕は彼が巻いてくれたパスタを口に入れたあと、自分でもフォークを動かし始めた。

「しかし俺も少し緊張してきたな」

佳樹が苦笑し、ワインを追加しようかとギャルソンに手を上げる。

結局その店で二時半頃まで飲んだり食べたりしてしまった僕たちは、他《ほか》に観光スポットを回るより、少し時間は早いけれど神部の家を訪れてみることにした。

「まだ帰ってなかったら、外で待っていてもいいしね」

「電話、入れてみる？」

「俺の携帯、海外じゃ使えないんだ。姫のは？」

「もちろん使えない」

「もちろんってなんだよ」

そんなことを言い合いながら、公衆電話を探しつつ、神部に教えられたとおりの道を進むと、それらしき番地表示が見えてきた。

佳樹が番地と建物名をメモと見比べながら僕に問いかけてくる。

「着いたんじゃない？」

「ずいぶん立派だね」

以前神部から、格安で部屋を借りたという話を聞いていたので、申し訳ないけれども僕は、そう立派なところに住んではいないんじゃないかなと予想していた。が、目の前に現れたのは、日本で言う『高級マンション』そのものの高層の建物で、神部はこんなすごいところに住んでるのか、と僕は感心して彼の部屋がある三階を見上げた。

ドアマンの視線を気にしつつ中に入るとオートロックで、佳樹は神部が教えてくれた部屋番号を押した。

しばらくしたあと、ゴソ、とマイクが入る音がし、『早かったな』という懐かしい神部の声が聞こえてきた。監視カメラに僕たちの姿が映ったようだ。

「早すぎた？」

佳樹の問いに、インターホン越し、神部の『いいや』という答えが聞こえたあと、自動ドアのロックが外れる音がした。

二人してエレベーターに向かい、三階で降りる。どこかな、ときょろきょろしていると、奥の方のドアが開き、神部が顔を出した。

「こっちだ」

「神部！」

僕の口から思わず、彼の名を呼ぶ大きな声が漏れた。前を歩いていた佳樹が肩越しに振り返り苦笑する。

気がせく僕に気を遣ってくれたのか、歩調を速めた佳樹に続き、僕も小走りになっていた。

「姫、佳樹、久しぶり」

神部が満面に笑みを浮かべ、僕らを迎えてくれる。

「神部！」

僕は感極まってしまい、堪《たま》らず神部に駆け寄り彼にしがみつこうとしたのだが、そのとき神部の後ろから長身の外国人がひょい、と顔を出したのに驚いたあまり、足が止まった。

『Hi』

にこやかに微笑み手を上げた外国人は金髪碧眼で、その容姿は俳優かモデルかと思うほどに整っていた。僕と佳樹に向かい愛想よく微笑みかけてくる。

「紹介するよ。同居人のアロイスだ。ドイツからの留学生で同じニューヨーク大学に通ってる」

神部は僕らにそう言ったあと、アロイスというその美形の同居人に向かい、僕らの名前を英語で説明した。アロイスはにっこりと笑い、英語で何か——おそらく、よく来たね、とか、そういうことじゃないかと思う——言ったあと、僕らに右手を出してきた。

佳樹が流暢《りゅうちょう》な英語で答え、彼の握手に応《こた》えている。さすがだ、と思っていると続いてアロイスは僕に右手を差し出した。

「あ、あの……」

『よろしく』というのは英語でなんというんだったか、と考えている間に握手は終わった。アロイスが何か話しかけたのに僕が答えられないでいるのを見て、英語が通じないとわかってくれたようだ。

『——』

アロイスは神部に何かを言ったかと思うとドアを出て、代わりに僕らに中へと入るよう促してきた。彼の手に小さめの旅行鞄《かばん》が下がっていることに気づき、何気なくそれを見ていると、アロイスはにこ、と笑い、その鞄を少し持ち上げて僕らに何かを言った。

佳樹が申し訳なさそうな顔で謝るのに、アロイスは気にするな、というように微笑むと――かろうじて『No problem』くらいはわかった――右手を上げ、エレベーターへと向かっていった。

「さあ、入ってくれ」

その後ろ姿を目で追っていた僕に、神部が声をかけてくる。

「お邪魔します」

「邪魔するよ」

僕と佳樹、二人してそう言いながら部屋へと足を踏み入れ――靴は脱がなくてもいい、と言われて、そうか、と僕は赤面した――あまりの部屋の立派さに「すごい」と感嘆の声を上げた。

「広いな。ここが格安のアパートなのか？」

佳樹も驚き、ぐるりと室内を見回している。

「ああ、さっき君たちが会ったアロイスとルームシェアをしてるんだ。アロイスはドイツの資産家の息子《むすこ》らしい」

神部は佳樹に答えると、僕へと視線を戻しにっこり笑いかけてきた。

「何を飲む？　コーヒーか、紅茶か、それともビールにするかい？　ああ、ワインもあるよ」

僕の顔が赤いことから、酒を飲んできたと察したんだろう、神部は「ワインがいいかな」と言いながらキッチンへと消えようとする。

「資産家の息子で、しかも超イケメン……なるほどね」

佳樹がそんな神部の背中に、なんだか思わせぶりな口調で声をかける。と、神部の足がぴたりと止まり、ちら、と佳樹を振り返った。

「何が言いたいのかな?」

「彼、ゲイだろ?」

微笑んでいた神部の頬が、佳樹の答えにぴく、と痙攣《けいれん》する。

「……え?」

ゲイということは、と僕は驚きのあまり声を上げてしまったのだが、その声に神部の頬がぴくぴく、とまた、わずかに痙攣した。

「……神部、あの……」

どうして彼は動揺しているんだろう——胸の中にもやもやとした思いが渦巻き、気分が悪くなってくる。急に酔いが回ったというわけでもあるまいし、と自然と胸に手をやっていた僕を神部はちらと見ると、はあ、と大きく溜め息をつき身体を僕らへと返した。

「……誤解しないように。彼はゲイだが、僕たちはただのルームメイトだよ」

神部の顔は少し青ざめているように見えた。なんで彼は青ざめているんだろう。もしや嘘を言ってるからでは? という考えが顔に出たのか、神部は僕に向かい、嘘じゃない、というように大きく首を横に振ってみせた。

「本当だよ。彼は自分がゲイであることを、僕に知られているとは気づいていない」

「ふうん」

僕の代わりに頷いたのは佳樹だった。神部の視線が彼へと移る。

「彼、お前に気があるんだろ？　それにも気づかないふりをしてるのか」

「え……」

「………」

驚きの声を上げた僕の前で、神部が、天井を見上げ、はあ、と溜め息をつく。

「なんで会った瞬間にそこまで見抜くかな」

「え？　それじゃあ……」

やれやれ、と肩を竦めた神部の様子から、佳樹の言うとおりなのかと察した僕は、またも驚きの声を漏らしていた。

「わかるよ。熱い視線で見てたじゃないの」

佳樹がそう言いながら神部に近づき、拳《こぶし》で肩を小突く。

「男心を弄んでいると、知らないぞ？」

「弄んでるつもりはない……と言ったところで、『またまた』と言われるんだろうな」

神部が苦笑し、お返しとばかりに佳樹の肩を小突いた。

「……神部、あの……」

話が見えるようで見えない。同居しているあの金髪碧眼のハンサムガイはゲイで、しかも神部に気があるのだと言う。そのことを知りながら、彼と同居生活を続けているということは、神部もまんざらじゃないと思っているということで――考えているうちに胸の中のもやもやはますます大きくなり、鼓動が嫌な感じで脈打ち始める。

「姫？」

顔色も悪くなっていたんだろうか、佳樹が心配そうに駆け寄ってきたあとに神部も続き、二人して僕の顔を覗き込んだ。

「どうした？　気分でも悪いのかい？　横になる？」

神部が僕の背をソファへと促す。彼の手が背に当たったとき、自分でもびっくりするくらいに、びく、と身体が震えた。

「姫？」

「な、なんでもない」

綺麗な目を見開く神部の横で、佳樹が「ああ」と苦笑する。

「神部が浮気してると思ったんだろう？」

「え？　僕が？」

佳樹の言葉に、神部は心底驚いた顔になったあと、何も答えられないでいる僕に向かい「そうなの？」とおずおずと問いかけてきた。

「…………」

自分でもわけのわからないもやもやを、今回も佳樹がずばりと言い当ててくれた。僕は心のどこかで、神部が新たな恋をすることなどないと、思い込んでいたようだ。

でも考えてみたらその根拠は何もないわけで、神部に新しい恋人ができたとしても、僕には止めようがない。人の気持ちが移ろうのは仕方ないことじゃないかと僕は必死で自分を納得させようとしたが、胸のもやもやは——嫌だ、という思いは、消えるどころかますます大きく膨れ上がった。

黙り込んでしまった僕を、神部はしばらく見ていたが、やがて小さく溜め息をつくと「違うんだよ」と首を横に振った。

「何が……」

違うの、と僕もまた神部をじっと見返す。

「……姫と離れ離れになったのが寂しかったんだ。留学を決めたのは自分なのに、姫と遠く離れてしまったことが寂しくて堪らなかった。そんなときに彼から——アロイスから、ルームシェアの話を持ちかけられたんだ。彼がゲイであることも、僕に気があることもわかっていたけど、プライドの高い男だから決して無茶はすまいと見越して、それで話を受けた。君と会えない寂しさを、自分に好意を寄せてくれる相手を傍に置くことで癒そうとしてしまったんだ。相手の気持ちを自分の寂しさを埋めるために利用するなんて、人として最低の行為だと思う。でもそれだけ僕は君に……」

熱に浮かされたような口調で一気にそこまで喋った神部が、僕の頬に手を伸ばす。繊細な彼の指先がひどく震えているのを見た瞬間、僕の胸のもやもやは一挙に消え去り、代わりに熱い想いが込み上げてきた。

「君に……姫に飢えていた……」

その上そんなことを言われてしまってはもう我慢できなくなり、僕は神部に飛びつくようにしてしがみついた。

「姫……」

神部が震える声で僕の名を呼び、ぎゅっと背を抱きしめ返す。

「ソファに行こう」

僕の背に佳樹の手が添えられ、耳元で彼の声が響く。神部に齧《かじ》りついたまま僕は「うん」と首を縦に振り、そのまま二人がソファへと僕を引きずっていくのに身を任せた。

「久しぶりだなあ」

どさり、とソファに身体を落とされた僕の頭の上、佳樹のどこか呑気《のんき》な声が響いた。

「そうだね」

僕から服を剝ぎ取っていく神部が、ひどく感慨深そうに相槌を打つ。

「人でなしの神部の話、姫はどう思った?」

佳樹が自分で服を脱ぎながら僕に尋ねてきたのに、神部が彼を振り返り「ひどいな」と笑った。

新しい恋人ができたのではなくてよかったと思った、という僕も充分人でなしだろう。彼の心が移ろっていないと聞いた瞬間、僕は天にも昇る気持ちになった。

飢えていた、と言ってもらえることが嬉しかった。僕も神部に飢えていたんだと伝えたいけど、胸が詰まってしまって上手く言葉が出なかった。

「さて」

神部が僕からすべての服を脱がしたあと、立ち上がり手早く脱衣を始める。

「なんだ、姫、もう勃《た》ってるんだ」

全裸の佳樹が僕を見下ろし、にや、と笑ってきたが、僕に触れようとはしなかった。

「準備ＯＫ？」

神部を振り返り、彼が服を脱いだことを確認すると、佳樹はふざけた調子で「お先にどうぞ」と頭を下げ、右手で僕を示した。

「気を遣ってくれたって？」

神部が佳樹の裸の胸を拳で小突いたあと、僕へとゆっくりと覆い被《かぶ》さってくる。

「『飢えてる』まで言われちゃあね」

佳樹はそう言うと、ソファに仰向けに寝る僕の頭の上のクッションに腰かけ、「ねえ」と顔を見下ろしてきた。

「何……っ」

問い返したと同時に、胸に顔を埋めてきた神部に乳首を吸われ、びくっと身体が震えてしまった。

「姫も飢えてたんだろ?」

問いかけながら佳樹が僕の唇を人差し指でなぞり始める。

「ん……っ……んんっ……」

飢えていた——確かに僕は神部に飢えていた。今、こうして彼と肌を合わせ、胸を吸われ、もう片方の乳首を指先で弄《いじ》られるこのすべての感覚に、僕の胸には悦《よろこ》びと充足が満ち溢《あふ》れ、肌が早くも熱してくる。

「やっ……あっ……」

唇に触れる佳樹の指もまた、僕の欲情を煽《あお》っていた。欲しい、早く欲しい、と僕は無意識のうちに彼の指を吸い、舌を絡めてしまっていた。

「神部、そろそろ下、いったら?」

佳樹の声に神部は僕の胸から顔を上げると、僕の表情を見やったあと「ああ」と頷き身体を起こした。

「よいしょ」

佳樹が上から僕の脇《わき》に手を入れ、僕を起こす。

「……何？」

「お姫様は俺の膝《ひざ》の上」

佳樹はそう言うと、ソファへと座り、言葉どおり僕を彼の上へと導いた。

「わ」

そうして後ろから僕の両脚の膝の裏をそれぞれに抱え上げると、大きく脚を開かせる、いわゆる大股《おおまた》開きの格好をさせた。

「やだ……っ……」

燦々《さんさん》と降り注ぐ日の光に照らされた明るいリビングで、あまりにも恥ずかしい格好をさせられた僕は、堪らず非難の声を上げたが、羞恥の念とは裏腹に身体はさらに熱し、勃ちかけた雄はどくんと大きく震えていた。

「姫、綺麗だね」

神部が僕と佳樹の前に跪《ひざまず》き、露《あら》わにされた僕の恥部を見てしみじみと呟く。

「やだ……っ……神部……っ」

彼は僕に触れもせず、見ているだけだというのに、彼へと向けられた僕の後孔はひくひくと蠢《うごめ》き、雄はますます熱くなった。

「ごめん」

身を捩《よじ》ったことで僕の昂《たか》まりを察したらしい神部が、苦笑して謝ったあとに両手で双丘を割る。

「相変わらず、綺麗な色だね」

彼はまた、自分で開かせたそこを見て感嘆の声を上げたが、僕が再びもどかしさから腰をくねらせたのに我に返った顔になると、おもむろにそこへと顔を埋めてきた。

「あっ……やっ……あっ……」

両手の指で押し広げたそこに神部の舌が挿入される。ざらりとした感触を得た内壁はひくひくと壊れてしまったように蠢き、ますます僕の昂まりを煽っていった。

「あっ……やだっ……もっとっ……もっと……っ」

熱に浮かされたような自分の声が、遠いところで響いている。もっと奥まで突いてほしい、この身を貫いてほしい、という思いから僕は佳樹の膝の上で身を捩り、高い声を上げ続けた。

腰に当たる佳樹の雄の熱さがまた、僕を切羽詰まった気持ちにさせていたんだろうと思う。気づいたときには僕は高く——それこそ悲鳴のような声で、自分の欲求を叫んでいた。

「挿《い》れて……っ……あっ……はやく……っ……はやく、中に挿れて……っ……挿入して……っ……」

幼児がいやいやをするときのように激しく首を横に振り、腰を前後に揺らす。佳樹が支えていてくれなければおそらく僕の身体は勢いあまってソファから転げ落ちていたに違いない。

「神部、挿れてってさ」

佳樹の声が背後で響いた直後に、後ろにむしゃぶりついていた神部が顔を上げる。

「……やっ……」

ずぶ、と彼の舌の代わりに指が二本、挿入され、ぐちゃぐちゃと中をかき回す。

「やだっ……あっ……」

指じゃない、と、また激しく首を横に振った僕の耳に、神部の「熱いな」という、やたらと感心した声が響いた。

「驚いてないで、早く、だってさ」

不満げに身を捩らせた僕の代わりに、佳樹が気持ちを伝えてくれる。

「どうする？」

「場所、交代しよう」

熱い身体を持て余す僕越しに二人はポジションを決めると、佳樹が僕を横抱きにし、ソファから立ち上がった。

代わりにソファに腰を下ろした神部の雄は勃ちきっていた。佳樹もまた勃起《ぼっき》している。

「おいで、お姫様」

神部に導かれるままに、僕は自分で後ろを広げ、ゆっくりと彼の上に腰を下ろしていく。

「あ……っ」

ずぶずぶと彼の逞しい雄を中へと収めていく僕の口から、我ながら満足げな息が漏れた。

「さて、それじゃ俺は」

佳樹が今度は僕の前へと座り込む。と、僕の中へと雄を収めきった神部が、僕の両脚を抱え、またも大股開きの格好をさせた。

「Thank you」

佳樹が神部に笑い、神部が「My pleasure」と答える。何、と問いかけようとしたときには佳樹が僕の股間《こかん》に顔を埋め、勃起した雄を口へと含んでいた。

「いくよ」

耳元で神部が囁いたと同時に、ぐっと奥まで突き上げられる。

「あっ……」

僕の両脚を抱え、神部が力強く僕を突き上げるたびに、佳樹の口に含まれた雄が、彼の唇の間を出入りする。後ろに、前に与えられる刺激に僕の身体は一気に欲情の火に巻かれ、頭の中が真っ白になった。

「あっ……やっ……あっあっあっ」

ズンズンとリズミカルに突いてくる神部の熱い雄の動きが、硬く閉じた唇で口内へと出入りする僕の竿《さお》を刺激する佳樹の口淫《こういん》が、あっという間に僕を絶頂へと駆り立てていたが、佳樹が根元をぎゅっと握りしめているために達することできない。

「あぁっ……もうっ……あっ……あっあっ」

ぎゅっと閉じた瞼の裏では、白い花火がいくつも上がり、喘《あえ》ぎすぎたせいで息苦しくさえなってきた。

「いきたいっ……あぁっ……神部……っ……よしき……っ……いかせてっ……あっ……いかせてくれっ……」

あられもない言葉を叫び、佳樹の指を外そうと彼の手首を摑む。

「佳樹……っ……限界だってさ……っ」

息を乱しながらも、突き上げる動きはそのままに、神部が声を発する。

「……おーあい」

僕を咥《くわ》えたまま佳樹はちら、と彼を見上げて微笑むと――多分『了解』と言ったんだと思う――僕の根元を締め上げていた指をようやく緩め、一気に竿を扱き上げた。

「あぁーっ」

自分でも驚くような大きな声を上げながら僕は達した。

「……っ」

あまりにも勢いがよすぎたのか、口で僕の精液を受け止めてくれていた佳樹が、喉を詰まらせたような声を上げる。

「くっ……」

射精を受け、激しく収縮する後ろに刺激され、神部も達したようだった。勢いよく精液が放たれた感触が伝わってくる。

「姫……」

肩越しに神部が僕の顔を覗き込み、そっと唇を寄せてくる。僕もまた彼の唇を求め、首を捻って後ろを向こうとした。

「ん……」

しっとりとした唇が僕の唇を包み、優しく吸い上げてくれる。ああ、神部だ、と思う僕の胸には、熱いものが込み上げてきた。

薄く目を開くと、同じく薄く目を開いて僕を見下ろしていた神部と目が合った。彼の目もまたひどく潤んでいることに気づいた僕の目から、ぽろり、と涙が零《こぼ》れ落ちる。

「姫、もうやめとく?」

そのとき前に蹲《うずくま》っていた佳樹が、ぼそりと声をかけてきた。見下ろした彼の雄は未だに勃ちきり、お腹《なか》にくっつきそうになっている。

「……やめない」

彼に気を遣った、というわけではなかった。彼の逞しい雄を見たとき、収まりかけていた欲情の焔《ほむら》が身体の中で立ち上るのを感じた。涙を拭い、佳樹に向かい腕を伸ばした僕の背後で、神部が「それじゃ、交代?」と僕の身体を持ち上げる。

「あっ……」

ずるりと彼の雄が抜けた感触に、堪らず声を漏らした僕の後ろに、神部は指を突っ込むと、彼の残滓《ざんし》をかき出してくれた。

「大丈夫？　ほとんど飛行機でも寝てなかったし……」

佳樹が心配そうに問いかけてきたのに、僕は大丈夫、と大きく頷くと、今度は佳樹の首にしがみついた。

「今日はとことんやりたい気分」

「とことんって……言うねえ」

神部が明るく笑い、僕の尻《しり》をぴしゃ、と軽く叩く。

「姫も飢えていたんだよね」

佳樹がそう言い、僕の背を抱き直すのに、僕はそのとおりとまたも大きく頷いたあと、神部を振り返った。

「どうしたの？　お姫様」

にこ、と神部が微笑み、身を乗り出して僕に顔を寄せてくる。きらきらと輝く彼の瞳を眺め、背に温かな佳樹の腕を感じているうちに、僕の胸には彼らへの熱い想いが溢れ、思わず唇から熱い想いそのままの言葉が零れた。

「……神部と佳樹で、僕をいっぱいにしてほしい……」

「姫」

「言うね」

神部と佳樹、二人が目を見開いたあと、その目を見交わし笑い合う。

「『いっぱいに』するには、場所が狭いな。寝室に行こうか」

神部がそう言い、僕の頰をつんと指先でつつく。

「いい選択だ」

佳樹が僕の身体を抱き上げ、神部と僕に笑いかけた。

ああ、神部がいる。佳樹がいる。そして僕がいる――三人が今この瞬間、同じ空間にいて、同じ思いを抱き、同じ欲情を感じている。それを実感すればするほど、幸せな思いが胸に満ち溢れ、頰が笑みに緩んでしまう。

やっぱり僕は神部に――佳樹と神部、それに僕と三人が揃《そろ》うということに『飢えて』いたんだろうな、と思い二人を見ると、二人ともそうだね、というように頷いてきて、なんだか僕は笑ってしまった。

「それじゃ、行きますか」

神部が少しおどけて笑い、こちらへどうぞ、と先に立って歩き始める。佳樹と僕は彼のその姿を見てまた笑ってしまったのだが、まさかその翌日に、幸福感で満ち満ちたこの状況を凍りつかせるような出来事が待っていようことなど、予測できるわけもなかった。

3 (side 姫川悠一)

「姫、姫、もう昼だよ」

翌朝、佳樹と神部が揺すり起こそうとしても、僕の瞼は開かなかった。

「時差ぼけかな」

「それもあるだろうけど、昨日は二十四時間寝てない上に、激しい運動したから、そのせいじゃないかな」

頭の上で、神部と佳樹が話している声は聞こえるのだけれど、どうしても『起きよう』という気力が湧いてこない。

「このまま寝かせておいてあげたいけど、食事はとらせたいなあ。姫、また痩《や》せたんじゃないか?」

「仕事が大変らしい。確かに少し痩せたな」

うん、と佳樹が唸《うな》ったあと、「起こすか」と言いながら僕の身体を抱き上げた。

「シャワー、浴びさせよう。さすがに目が覚めるだろう」

「いいね、手伝うよ」

二人が僕を抱いたまま、バスルームへと向かっていく。

「姫、起きろって」

迸るシャワーの中に佳樹が僕を下ろしたが、眠くて立っていることができなかった。

「おっと」

ふらつく身体を前から支えてくれたのは神部だった。そのまま彼の胸の中で寝そうになる僕の背を、撫《な》でるような優しさで佳樹が洗ってくれる。

「二人がかりで姫の介護をしてるみたいだな」

「違いない」

バスルームに、神部と佳樹の笑い声が反響する。

「……ん……」

と、そのとき佳樹の手が僕の双丘を摑んでそこを押し広げ、湯を浴びせかけてきた。気持ちのいいような悪いような不思議な感覚に、僕の口から自分でもよくわからない種の声が漏れる。

「ここも綺麗に洗ってあげましょう」

言いながら佳樹がシャワーをそこへと近づける。

「や……っ……」

勢いよく迸る湯を浴びせられ、なんともいえない刺激に僕の身体はびくっと震え、背中が大きく仰《の》け反った。

「おっと」

神部が僕の背に腕を回し、身体を支えてくれる。

「姫、興奮してるみたい」

くす、と笑い、神部が佳樹に報告している。彼に言われるまでもなく、己の雄が熱を孕《はら》み始めたことに、寝ぼけながらも僕は気づいていた。

「ん……」

興奮しているのは僕だけじゃなく、神部の雄もまた熱く硬くなっていることにも気づいた。半分寝ぼけた状態なのに、身体は貪欲《どんよく》といおうかなんといおうか、僕は自身の雄を神部の雄にぶつけるように腰を動かしてしまっていた。

「本当だ。興奮してる」

背後で佳樹が笑う声がしたと同時に、シャワーの温かい湯とともに、ずぶりと彼の指が後ろへと挿入される。

「やっ……」

「お目覚めのキスならぬ、お目覚めのファック、やる?」

「いいね。いかにも姫らしい」

神部と佳樹、二人して楽しげな笑い声を上げながら、僕の身体を弄《まさぐ》り始める。

「やっ……あっ……やっ……」

少し身体を離した神部が僕の乳首を摘《つ》まみ、きゅっと抓《つね》り上げる。またも背を仰け反らせ高く喘いだところに、佳樹が猛《たけ》る雄を僕の後ろにねじ込んできた。

「あぁっ……」

昨夜散々、二人に可愛《かわい》がられたそこは、ずぶずぶと佳樹の雄を呑み込み、熱くわなないて挿入された雄を締め上げる。

「いい感じ……」

息を漏らし、佳樹はそう言ったあと、神部に「お前も来る?」と問いかけた。

「ちょ、ちょっと……っ」

今までほとんど意識がなかった僕も、その言葉を聞いた瞬間、一気に覚醒《かくせい》し、慌てて佳樹を振り返った。

「朝から無理……っ」

「無理かどうか、試してみよう」

笑う神部を今度は振り返って睨みつけようとしたとき、後ろに雄を挿入させたまま佳樹が僕の両脚を抱え上げ、身体を持ち上げた。

「やっ……」

奥深いところを抉《えぐ》られることになり、堪らず喘いだ僕のすぐ前に神部が立つ。

「来いよ」

ほら、と持ち上げられた脚を佳樹が揺するのに、またも喘いだ僕のそこを——佳樹の雄を収めたそこを、神部が両手でさらに押し広げようとする。

「壊れる……っ」

「またまた」

「大丈夫だって」

叫んだ僕の抗議の声は、二人に鼻で笑われ流されてしまった。

「いくよ」

言いながら神部が自身の雄を、ゆっくりと挿入させてくる。

「あーっ」

痛い——というよりは、まさに『壊れて』しまう、そんな感覚から、悲鳴を上げた僕の耳元で、佳樹が優しく囁《ささや》いた。

「大丈夫、姫、力抜いて」

「そう、昨夜もできたでしょう?」

反対側の耳に神部が前から、やはり優しい声で囁きながら、ゆっくりと腰を進めてきた。

「さあ、息吐いて」

「そう、いい子だね」

二人の熱い息が両耳にかかり、優しい言葉が耳朶《じた》を擽《くすぐ》る。

「や……ん」

胸に温かい想いが溢れ、身体からふっと力が抜けたのがわかった。

「よし」

神部にもすぐわかったようで、一気に腰を進めてくる。

「くぅ……ん」

奥まで深く二本の雄が挿入されたのに、息が詰まり、犬の鳴き声のような妙な声が漏れてしまった。

「可愛い」

「本当に」

僕を挟んで神部と佳樹、二人が目を見交わし笑い合ったあと、それぞれにゆっくりと腰を使い始める。

「うっ……やっ……あっあっあっ」

かさの張った部分がそれぞれに内壁を擦《こす》り上げ、擦り下ろす。中でぶつかり合う彼らの雄のとてつもない質感に、火傷《やけど》しそうなほどの摩擦熱を覚える内側に、昨夜散々達し、精も根も尽き果てているはずの僕の身体は、あっという間に滾《たぎ》る欲情の中に放り込まれていった。

「やぁっ……ああっ……いいっ……いいっ……」

自分でも何を叫んでいるのかわからない。抱え上げられた両脚を振り回し、目の前の神部の身体に両腕を回してしがみつく。

「……っ……危ないよ、姫……っ」

突き上げはそのままに、佳樹が暴れる僕を諌《いさ》め、

「しっかり摑まっていなさいね」

神部もまた腰の動きはそのままに、僕に優しく囁いてくる。

「いくっ……やあ……っ……いくっ……いくっ……あぁっ……」

叫ぶ自分の声が、浴室内に反響し、雫と共に天井から僕の額に降ってくる。

「あぁーっ」

もうだめ、と僕は達し、神部の腹に白濁した液を飛ばしていた。

「いっちゃった」

「俺らもいくか」

ぐったりとした僕の身体をそれぞれに支えてくれながら、神部と佳樹、二人して律動を速め、ほぼ同時に僕の中で達すると、ぎゅう、と前後から僕の身体を抱きしめてくれた。

「……シャワー浴びた意味がない」

「……確かに」

それぞれに雄を抜いたあと、二人の放った精液が僕の尻から滴り落ちたのを見て、神部と佳樹はまた目を見交わして笑い合った。

「もう一度、シャワーだ」

「姫、大丈夫？」

問いかけられたが、答える気力は残っていなかった。結局僕はまた神部に身体を支えられながら、佳樹に洗ってもらい、足腰立たない上に、意識の有りなしも覚束《おぼつか》ないような状態のまま、バスルームを出てリビングへと向かわされることになった。

神部が作ってくれた朝食を、半分寝ながら僕は佳樹の膝の上で無理やりに食べさせられ、そのあとまたベッドへとUターンさせられそうになった。

神部と佳樹はこれから、買い物に出ようかと相談している。うとうとしながらその話を聞いていた僕は、佳樹がベッドルームへと運ぼうとするのに、彼の身体にしがみつき、首を横に振って嫌がってみせた。

「どうしたの？」

神部が心配そうに問いかけてくる。

「一人ぼっちが寂しいんだろう」

さすが佳樹、僕の心を正確に読むと、仕方がない、というようにリビングへと引き返し、僕をソファへと下ろした。

「一緒に行く?」

問いかけてきた彼に、行きたい気持ちはあったが、身体がついていかないと、僕は首を横に振った。

「いいよ、佳樹。僕が一人で行ってくる」

「いや、俺も行くよ」

神部は僕を気遣ったらしいが、佳樹も何か思うところがあるようで、そう答えたあと僕の髪を撫で、顔を覗き込んできた。

「一人でお留守番、できるかな?」

できる、と頷くと、佳樹は「いい子だね」と僕の髪を撫で立ち上がった。

「姫、誰が訪ねてきても開けなくていいからね」

神部は家を出るまで心配そうにしていたが、僕がほとんど眠りの世界に足を突っ込んでいることで安心したのか「それじゃ、行ってくる」と声をかけ、二人は部屋を出ていった。


それからどのくらいの時間が経ったんだろう。いくつも夢を見た気がする。ひどくいやらしい夢だったり、楽しい夢だったり、ときに胸が締めつけられるような感覚に陥る夢だったりしたのだが、まったく内容は覚えていない。

ガチャ、と扉が開いた音がしたのに、僕はようやく眠りの世界から戻ってきた。起き抜けでぼんやりしていたものの、ドアが開いたということは神部と佳樹が戻ってきたのだろうと思い、おかえりを言うために目を開きゆっくりと身体を起こす。

「あ……」

その瞬間、目に飛び込んできた男の姿に驚き、僕は一気に覚醒した。というのも僕の前に立ち、じっと見下ろしていたのは佳樹でも神部でもなく、金髪碧眼の美青年だったからだ。

確かアロイスという名だったと思う、神部の同居人だ——ぼんやりした頭がその答えを導き出すまでに数秒の時を要した。その間にアロイスは僕をきつい目で睨みつけると、早口の英語で何やらまくし立て始めた。

「あ、あの……」

ただでさえ英語は苦手なのに、そう早口では何を言われているのかさっぱりわからない。ただ、アロイスが怒っていることだけは彼の表情や口調から伝わってきた。

激しい怒りの対象がどうやら僕にあると、遅まきながら察したのは、彼が何度も僕を指差し、『ビッチ』という言葉を繰り返したためだ。

『ビッチ』——あまりいい意味の言葉ではなかったと思うのだけれど、それがどういう意味だったか、思い出せない。それにしてもなんでアロイスは僕に対し、まるで仇敵《きゅうてき》でも見るような憎々しい視線を向けてくるのだろう、と僕の戸惑いがピークに達したそのとき、

「アロイス！」

不意に部屋の入口から聞き覚えのある声が響いてきたのに、僕も、そしてアロイスもはっとし、声の主を見やった。

「神部……」

いつの間にか帰ってきていたらしい神部と佳樹が、両手に大きな荷物を抱えたままの格好で、唖然《あぜん》としてアロイスを見ている。と、アロイスはものすごい勢いで神部へと駆け寄ると、今度は彼に対し、怒声を浴びせ始めた。

「……っ」

神部がぎょっとした顔になり、息を呑んだその横から、佳樹が流暢な英語でアロイスに何かを言い始める。

どうやら神部に怒りをぶつけるアロイスを、佳樹が宥めているらしい、ということはわかったが、三人が何を話しているのか、その内容はさっぱり僕には理解できなかった。

アロイスの攻撃は今度は佳樹へと向かったが、そうなると神部が佳樹を庇《かば》うようにアロイスを諫め始める。時折アロイスは僕を振り返り、指差してまた『ビッチ』という言葉を連呼したが、そのたびに神部も佳樹も怒りを露わにし、アロイスを怒鳴りつけていた。

確か『ビッチ』というのは、『雌犬』とか『娼婦《しようふ》』とかを表現するスラングだ、とようやく僕が思い出した頃に、三人の間の言い争いも、一応の決着を見たようだ。

『――――!』

アロイスが一際大きな声で神部を、そして佳樹を怒鳴りつけると、ものすごい勢いで部屋を出ていき、わけのわからない騒ぎは終結を迎えた。

呆然《ぼうぜん》とその様子を見ていた僕に、佳樹が、そして神部が、心配そうな顔で駆け寄ってくる。

「姫、大丈夫か?」

「彼に何かされた?」

文字どおり真っ青になり、問いかけてきた二人に、僕は「大丈夫」と頷き、「何もされてない」と首を横に振った。

「そう」

「よかった」

神部と佳樹が、どさりとショッピングバッグを床に下ろし、心から安堵したように息を吐く。

「……ねえ、今の……なんだったの?」

自分だけわけがわからない状態でいることを明かすのは恥ずかしかったが、英語力のなさを恥じている場合じゃない。一体何が起こったのか、教えてもらおうと二人に問いかけると、二人はどうしようというように顔を見合わせ黙り込んだ。

「彼は僕に対して怒ってたんだよね？」

黙ったということはそうなんだろう。僕の問いにまた神部と佳樹は、二人して顔を見合わせたあとに、

「いいや」

「違うよ」

それぞれに首を横に振り、話を打ち切ろうとするかのように、「さて」と言いながら立ち上がり、ショッピングバッグを持ち上げた。

「ビッチって言われたもの。ビッチって、淫売とか、そういう意味だろう？」

キッチンへと向かっていく彼らを追いかけそう言うと、またも二人は顔を見合わせ、やれやれ、というように大きな溜め息をついた。

「姫、英語はからきしできないくせに、なんでそんなスラングを知ってるんだ？」

「もっとまともな単語を覚えなさい」

二人していらぬ注意を与えてくるのに辟易《へきえき》としつつ、僕は「そうじゃなくて」と話題をもとに戻そうとした。

「アロイスは僕を怒ってたんだろう？　どうして？　何があったの？」

「いや、彼は姫のことだけを怒ってたんじゃないよ。俺ら三人のことを怒ってたのさ」

佳樹が仕方がない、とばかりに溜め息をつくと、リビングに戻ろう、と僕と神部を促し、ソファに腰かけさせてからようやく重い口を開いた。

「三人の何を?」

彼との接点は、昨日入口近くで擦れ違った、あの一瞬だけだというのに、一体何が彼の怒りに触れたんだろう、と問い返した僕は、神部が言いづらそうに告げた言葉に仰天したあまり、大きな声を上げてしまった。

「……実は、僕も佳樹も……そして多分姫も、まったく気づかなかったんだけど、昨日僕らがリビングで抱き合っているのを見てしまったそうなんだよ」

「ええ!? なんで??」

そんな馬鹿な、と驚きに見舞われ言葉も上手く出てこないでいる僕に、佳樹が事情を説明し始める。

「忘れ物を取りに戻ったんだってさ。旧友たちの久々の逢瀬《おうせ》を邪魔しちゃ悪いと、こっそり戻ってこっそり出ていくつもりだったのに、リビングからすごい声がするというんで、覗いてみてびっくりしたんだと」

「全然気づかなかったよ」

やれやれ、と神部が溜め息をつき、

「俺も。熱中してたからな」

佳樹もまた溜め息をついたあと、僕に向かってわざとらしいくらいに大仰に肩を竦めてみせた。

「……僕も気づかなかった……」

リビングから響いてきた『すごい声』というのは、きっと僕の声だろう。憎々しげに僕を睨みつけ、怒声を浴びせかけてきたアロイスの顔が脳裏に蘇る。

確かに男二人に抱かれ、嬌声《きようせい》を上げ続ける姿を見られては、『ビッチ』と罵《のの》しられても仕方がない。ああ、と我知らぬうちに僕の口から、大きな溜め息が漏れる。

「姫、落ち込まないでくれ」

神部が僕の隣に座り、肩を抱いた。

「そう、落ち込むことはないよ」

佳樹もまた逆隣に座り、髪を撫でてくれる。何を置いても僕を慰めようとする二人の優しさに、救われる思いがした。そうだ、落ち込んでいる場合じゃない、と僕は自分を取り戻すと、神部を見やり、問いかけた。

「神部こそ大丈夫?」

アロイスは神部の同居人かつ学校の同級生だ。ひどい評判を触れ回られたら大変なことになるんじゃないか。我に返った途端、その心配が胸の中に芽生えたのだが、神部は僕の言葉に、目を見開いたきり黙り込んでしまった。

「神部？」

やっぱり『大丈夫』じゃないんだろうか、と心配が募り問いかけた僕の頭を、逆から佳樹がポンと叩く。

「神部は幸せ者だな」

「ああ。今、最高級の幸せに酔ってた」

何、と振り返った僕には答えることなく、佳樹が神部に笑いかけ、どういうことだ、とまた視線を戻した先で、神部が佳樹に笑い返した。

「あの……」

何を言ってるんだ、と眉を顰めた僕を神部が、そして佳樹が、腰を両サイドからぎゅっと抱きしめた。

「姫が心配してくれるなんてね」

「俺も心配してもらいたいものだよ」

両方から囁かれ、僕は当たり前じゃないか、と二人を見やった。

「当然だろ？」

「その『当然』が嬉しいのさ」

神部は本当に嬉しそうに微笑み、佳樹は心底羨《うらや》ましそうな顔をしていた。二人にとって僕は相変わらず庇護の対象であり、僕に心配してもらえるなど、奇跡的出来事とでも思っているらしい。

それはそれで失礼じゃないか、と口を尖らせた僕の頬に、神部の頬が触れる。

「ありがとう、姫、大丈夫さ」

「本当？」

それこそ彼らにとっては『労《いたわ》るべき相手』である僕に気を遣っているんじゃないのか、と問いかけようとした僕の反対の頬に、佳樹もまた頬を寄せてきた。

「やっぱり姫、少し英語を勉強したほうがいいよ」

「英語？」

からかう口調の佳樹を、どういう意味だよ、と睨むと、佳樹と神部、二人して僕から身体を離し、腕を組んで、うんうん、と大きく頷いてみせた。

「そうそう。『ビッチ』よりも大切な会話を、僕らとアロイスはしてたんだから」

「そうだよ、俺がアロイスに言ってやったことも聞いてほしかったよ」

「そんなこと言ったたって、仕方ないじゃないか！」

意地悪としか思えない二人を怒鳴りつけながらも僕は、こうして僕をからかうくらいに彼らが落ち着いていることにほっとしていた。

ことが深刻だったら、いくら僕を心配させまいとしていても、表情や動作に動揺が見られるだろうが、二人からは微塵《みじん》もそんな気配が感じられず、実にリラックスしている。

「ねえ、何を話してたんだよ。アロイスが神部のことを世間に触れ回るっていう心配はないのか？　教えてよ」

にやにやと笑っている二人に僕がそれぞれ縋《すが》って問いかけると、

「仕方ないなあ」

「教えてやるか」

佳樹と神部は、ふざけた調子のまま頷き、事情を説明してくれた。

「アロイスは興奮してたからね、僕たちをあしざまに罵った。三人で愛し合うなんて異常だ、信じられない、変態的行為だってね。僕にはまあ、思い入れがあったんだろうね。早くそんな爛《ただ》れた関係から抜け出すべきだと迫ってきた。それを聞いた佳樹がガツンと言ってくれたのさ」

「何を？」

確かに『ガツンと』言っていた様子だった、と思い起こしながら佳樹に尋ねる。佳樹は少し照れた顔になったあと、彼が言ったという言葉を説明してくれた。

「異常でも変態でも、何を言われようが構わない。俺たちにとってはこれがごくごく自然な愛の形なんだ。神部も俺も姫を愛してるし、姫も俺たちを愛している。他人にとやかく言われる覚えはない。誰が何を言おうと、俺たちは俺たちの関係にそれぞれが誇りを持っている……そんなようなことを言ったのさ」

「佳樹……」

彼の言葉に胸を打たれ、声を詰まらせた僕の横では、

「感動したよ」

やはり神部も声を詰まらせながらそう言い、腕を伸ばして佳樹を小突いた。

「感動も何も、真実だろ？」

佳樹は相変わらず照れた顔のまま、神部と僕、順番に肩のあたりを小突いてくる。

「アロイスは『感動』はしなかったようでね、信じられない、と叫んで部屋を出ていった。まあ、彼も脛《すね》に傷を持つ身だし、神部の醜聞を誰彼構わず触れ回ることはしないと思うよ」

「触れ回られたところで、構わないけれどね。それこそ僕はこの関係に誇りを持っているんだし」

神部が僕と佳樹に向かい、にっと笑いかける。

「神部……」

またも胸を熱くし、名を呼ぶ僕の逆鱗では佳樹が、「狡《ずる》い」と笑っていた。

「何が狡いんだ？」

「姫の感動を横取りして」

「言いがかりだよ、ねえ、姫？」

神部が、佳樹が、僕の横で笑っている。ああ、この感じ、いいなあ、と思う僕の口からま

た、意識するより前に、大きな溜め息が漏れていた。

「どうしたの、姫」

「ご心配ごと?」

途端に心配そうに僕の顔を覗き込んでくる二人に、ますます「いいなあ」という思いは膨らみ、頬が笑みに緩んでいく。

「違うよ。幸せだなあ、って思ってさ」

ぽろりと口から零れたのは、まさに僕の本音だった。その言葉を聞き、神部と佳樹は二人して顔を見合わせると、

「まったくこのお姫さまは」

「今度は姫が感動の横取りだな」

口々にそんなことを言いながら、ぎゅっと僕の身体を抱きしめた。

「愛してる」

神部に向かいそう囁いたあと、反対側の佳樹を見て同じ言葉を囁く。

「愛してる」

「俺も愛してるよ」

「僕も、愛してる」

皆で同じ言葉を囁き、微笑み合う。

「幸せだなあ」

思わずまたぽろりと本音が零れた僕を挟んで、神部と佳樹、二人は顔を見合わせると、

「いくらでも幸せにしてあげましょう、お姫様」

「どうでもいいけど、懐しい歌の台詞《せりふ》じゃないんだから」

楽しげに笑いながら、やはり笑い声を上げた僕の身体をまたもぎゅうっと、息が苦しいほどにぎゅうっと力強く抱きしめてくれたのだった。

4 (side 中村佳樹)

リビングに戻ると、神部が一人でワイングラスを傾けていた。

「お姫様は?」

「ぐっすり寝てる」

ニューヨーク二日目になる今夜も三人でベッドインし、さんざん姫を喘がせたあと、気を失ったように彼が寝ているベッドから神部が抜け出したのは、今から二十分ほど前のことだ。

トイレかな、と思ったが、戻ってくる気配がないので、姫が熟睡しているのを確認してから、彼の消えたドアを俺も開いた。

「どうした? 眠れない?」

昼間の出来事が、かなり繊細な彼の神経を苛んでいるんじゃないかと心配していた。頭脳は優秀だし、長距離ランナーとしての資質は部の中で誰よりも――もちろんこの俺よりもあった神部は、他人から見ると弱点などひとつもないと思われがちだが、実はそうでもないのである。

「優しいじゃないの」

その弱さを俺に悟られているのを知っているだけに、逆に強がってみせるのが常となっている彼はそう言って笑うと、「お前も飲む？」とグラスを掲げてみせた。

「飲む」

「待ってろ」

神部が立ち上がり、キッチンへと向かっていく。彼が見ていたのはフリーの住宅情報誌だった。ああ、引っ越すんだなあ、と思いながらペラ、とそれを捲《めく》っているときに、ワイングラスとチーズを携えた彼が、キッチンから戻ってきた。

「引っ越すの？」

「まあ、そうなるだろうな」

俺の問いかけに神部が苦笑し、ワインを注《つ》いだグラスを差し出してくる。

「乾杯」

「乾杯」

二人してグラスを合わせたあと、別に示し合わせたわけでもないのに、ほぼ同時に一気した。

「気が合うねえ」

「本当に」

顔を見合わせ、二人で笑う。

「アロイスのほうは、大丈夫なのか？」

昼間、姫には『心配ない』と言ったものの、密《ひそ》かに俺は心配していた。アロイスは相当ショックを受けている様子だった。下手をすると暴走する危険がある。

「多分……」

グラスをワインで満たしてくれた神部が、小首を傾《かし》げるようにしてぽつりと答える。

「多分かよ」

心許《こころもと》ないな、と呆《あき》れてみせた俺に、神部は「まあ、八割がたは大丈夫だよ」と笑い、またグラスを一気に呷った。

「二割は危険要素があるってことか？」

あまり低い確率とは言えないと思うんだが、とますます心配になる。

「うーん、アロイスは馬鹿じゃないし、プライドも激高だし、無茶はしないと思うんだよね。たとえば僕を刺す、とかさ」

神部はそう言うと、自分のグラスにワインをどばどばと注いだ。めずらしく酔っているらしい。

「自分の将来をつぶすようなことまではしないと思う」

「強姦《ごうかん》くらいならありそうじゃないか?」

ナイフで刺すことはなくとも、押し倒すくらいのことはしそうな目をしていた。身長も体格も、彼は神部に勝る。腕力だってきっと勝るんだろう。抵抗もかなわず犯されるのではないかと問いかけた俺に、神部は何も答えず、ただグラスを呷った。

カタン、と空になったグラスをセンターテーブルへと戻し、神部がまたワインを注ぐ。沈黙のときがしばらく流れたのち、ぽつり、と神部が口を開いた。

「……まあ、犯されるくらいは仕方がないかもね」

「馬鹿なこと、言ってんじゃないよ」

ジョークとは思えない彼の口調にぎょっとした。人身御供《ひとみごくう》にでもなるつもりか、と慌てた俺に、神部が笑みを向けてくる。

儚《はかな》いという表現がぴったりくる笑顔だった。泣くのを我慢しているような、そんな笑みだ。

「おい、どうしたよ」

やはり相当参っていたか、と俺は心の中で溜め息をつくと、向かいのソファから彼の横へと移動し、肩を抱いた。

「……軽蔑《けいべつ》したか?」

神部は唇を噛《か》んで俯《うつむ》いていたが、やがてまたぽつりと一言、そんな言葉を漏らした。

「しないよ」

即答したのは、口から出任せを言ったわけでも、こう言っておけば神部の気が休まるという間違った気遣いをしたためでもなかった。神部の言いたいことはわかる。彼は今、猛烈に自己反省しているのだ。

「…………」

神部には俺が『わかる』ことがわかったんだろう、俺の胸に身体を預け、目を閉じて深く息を吐いた。

「……仕方ないよ。飢えてたんだろ？　姫に」

神部の反省は、寂しいという思いを紛らわすために、自分に好意を抱いている男の気持ちを利用した、そのことに尽きる。そんな非道なことをしてきた自分が、相手に——アロイスに犯されたとしても、当然の報いだと思っているのだ。

わかってるよ、ということをしっかりと彼に示してみせた俺の顔を神部は伏せていた目を上げて見やると、また泣きそうな顔でくすり、と笑った。

「本当にお前は、人の心を正確に読むね」

「ああ。だから軽蔑なんかしない」

きっぱりと言いきってやると、神部は一瞬俺を見つめたあと、凭《もた》れていた身体をしゃきっと起こした。

「ありがとう」

神部の顔に浮かぶ笑みは、『儚い』ものからはほど遠い、晴れやかなものになっていた。

「礼を言われるようなことじゃないだろ」

きっと吹っ切れたんだろう。よかった、と密かに安堵し、俺は彼の肩に回した腕を解《ほど》く。

「俺も神部と同じ立場だったら、似たようなことしそうだしな」

「姫に飢えてたか？」

神部がグラスを取り上げたのに、俺も同じくグラスを持ち、二人してなんとなくグラスを合わせる。

「ああ、でも姫も神部に飢えてたよ」

「本当か？」

神部が先ほどとは打って変わった浮かれた声を上げ、目を輝かせた。

「ああ、落ち込んじゃって大変だ。京都に連れていったのも元気づけるためだったし」

「そうか……」

頷いた神部は、実に幸せそうな顔をしていた。俺の耳に、さっき聞いたばかりの姫のあまりにしみじみとした声が蘇る。

『幸せだなあ……』

歌の台詞かと茶化してしまったけれど、あれは彼が心底そう思った、心の呟きだったのだろう。神部と、そして俺とともにいることを彼が幸せと思ってくれている。そのことがどれだけ俺たちを幸せにしてくれているか、と思う俺の顔も笑っていた。

「幸せだなあ」

姫と同じ言葉を呟いたことにすぐに気づいた神部が、にこ、と笑いかけてくる。

「うん、幸せだ」

「早く日本に帰ってこいよ」

そう言った俺に神部は「そうだな」と苦笑した。

「一年なんて短いと思ってたけど、結構長いもんだな」

「年末年始には帰ってくるだろう？　またゴールデンウィークには俺たちが遊びに来てやる。夏にはお前が来ればいい」

「そうだな。そうすればお互い飢えずにすむな」

神部が笑い、俺も笑う。思えば不思議な縁だよな、という考えがふと俺の頭に浮かんだ。

「なんだよ」

黙ってグラスを傾けた俺に、神部が問いかけてくる。

「何？」

「いや、やたらとしみじみしてるから」

同じくグラスを傾ける彼に、この気持ちをどう説明したらいいのか、と俺はしばし言葉を選ぶべく黙り込んだ。

「何？」

再び問いかけてきた彼に、上手く説明できないながらも、俺は今頭に浮かんだ、なんとも説明しがたい感覚を話し始めた。

「……なんていうか、やっぱり俺にはお前もいなきゃ駄目なのかな、と思ってさ」

「……うーん……」

今度は神部がなんともいえない顔になり、黙ってグラスを傾ける。

「何よ」

「いや、なんていうか……」

変な意味に取ったというわけではなさそうだ、と思いつつ、何を考えているのかと尋ねると、神部は考え考え、彼の思いを喋ってくれた。

「僕もそうだなあ、と自覚した……っていうか、よく考えてみたら、姫といる時間より、お前といる時間のほうが全然長くないか？」

「……確かに」

そうだな、と頷いた俺の脳裏に、かつて神部と過ごしてきた日々が走馬灯のように蘇ってきた。

何を言うより前から、俺たちの気持ちは通じ合っていた。姫への恋情を抱いていると互いに認識したときも、黙って友人として彼の傍にいようと心を決めたときも、いよいよ我慢できず、想いを伝えようとしたときも——友情というには濃く、愛情というには照れくさい、不思議な縁に結ばれている、そう思わずにはいられない。

「それにさ、こんなことを言ったら姫は怒るだろうけれど」

同じことを考えているのか、神部は照れたように笑うと、ぼそりと言葉を足してきた。

「姫といるときよりも、お前といる時間のほうが、やたらと落ち着くんだよね」

「俺もだ」

まさに今、俺も同じことを感じていた、と頷き、彼のグラスに自分のグラスをぶつける。

「なあ、覚えてるか?」

グラスを一気に呷ったあと、酔いで紅潮する頰を神部が俺へと向けてきた。

「何を?」

「前に約束しただろう? 姫がもしも僕らのうち、どちらかを選んだら、選ばれなかったほうは心から祝福し身を引こうって」

「ああ」

突然何を言い出したのかと思いはしたが、もちろん覚えている、と頷いた俺を、神部はきらきらと光る瞳で見つめ口を開いた。

「そんな日は来ないような気がする……っていうのは、楽観的すぎるかな」

「……いや、俺もそう思うよ」

あの頃俺たちは、姫の気持ちをしっかりと把握していなかった。自分たちの我儘《わがまま》で彼を縛りつけてはいけないと、そればかりを考えていたように思う。

姫に誰か好きな相手ができたら、二人して身を引こう、もしもどちらか片方が選ばれたのなら、もう片方は祝福しよう——これもはっきりと口に出したのは、一度くらいだったと思うが、口に出さずとも俺は神部の胸の中にその思いがあることを知っていたし、神部もまた俺がそう考えていることを察していた。

姫にもそのことを伝えたことがある。姫はショックを受けていたが、その後、彼のほうから俺たちに「愛している」という言葉を告げてくれたのだった。

俺たちが姫を愛し続けるように、姫もまた俺たちを愛し続けてくれるのではないか——そんな期待と希望を、俺と神部はまたも同時に胸に抱いていたらしい。

本当に気が合うよ、と笑った俺に、そうだな、と神部が頷き笑う。

確かに世間の人から見たら、爛れた関係だと厭《いと》われるだろうし、アブノーマルと罵られるだろうという自覚はある。

だが大切なのは、互いの胸に溢れる愛情、互いを結びつける信頼の絆《きずな》じゃないか、という思いも、おそらく俺と神部、そして姫の共通のものだ。

「なあ」

呼びかけた俺に、神部が「ん？」と問い返したあと、ああ、と頷いてみせる。

「愛してる」

「愛してるよ」

ほぼ同時に口を開いたというのに、発せられた言葉はまるで同じものだった。

「姫が妬くな」

「そのお姫様を、明日はどこに連れていこうか。ニューヨークに来て一歩も外に出ないっていうのも可哀相《かわいそう》じゃないか?」

「確かに。土産《みやげ》話にも困るだろうしな」

神部と二人、ふざけ合い、笑い合ってグラスを重ねる。胸に満ちてくる安らぎを、きっと彼も感じているだろうと彼を見ると、神部もまた実に満ち足りた顔をして微笑み返してくれたのだった。


三泊五日という強行軍ではあったが、姫も俺もニューヨークを満喫した。『ニューヨークを』というよりも、『神部との逢瀬』に充実した時間を過ごした、と表現するのが正しい。

一応申し訳程度に観光もしたし、姫が会社で配る土産を買うのにも付き合ったものの、俺たちはほとんど神部の部屋でこの三日を過ごした。

いよいよ帰国するとき、神部は俺たちを空港まで送ってくれた。姫はまた寂しがって泣き、神部と俺は、仕方ない、と互いに顔を見合わせた。

「クリスマス休暇には日本に戻るから」

神部が必死で姫を慰めている。

「うん……うん……」

ひとしきり泣きじゃくって気が済んだのか、姫は「ごめん」と神部と俺に照れた様子で詫《わ》びたあと、「あの……」と思い詰めた顔を神部に向けた。

「何？」

「アロイスのこと、大丈夫？」

姫もまた、アロイスが神部に何か仕掛けてくるのではないかと心配していたらしい。今度は神部が感極まった顔になると、潤んだ瞳で「大丈夫」と姫に頷いてみせた。

「今日、学校で会ったよ。失礼なことを言って悪かったと詫びてきた」

「ルームシェアは？　まさか続ける気じゃないだろ？」

俺の問いに神部は「まさか」と笑い、首を横に振った。

「もちろん解消するつもりだ。『君の性癖は気にしない。一緒に住もう』とは言われてるけれどね」

「危ないよ、神部」

俺が言うより先に、姫が大真面目《まじめ》な顔でそう言い、神部を睨む。

「わかってるって。もう新しく借りる部屋の目処《めど》はついた。また住所を知らせるよ」

神部はぽん、と姫の頭を叩いたあと、俺にも微笑んでみせた。

「学校ではバックに気をつけろよ」

「わかってるって」

あはは、と神部が笑い、俺の胸を拳で小突く。ぎりぎりの時間まで俺たちは空港のロビーでともに過ごし、いよいよ出国しなければ間に合わないという時刻に、神部と別れた。

出国ゲートの前に佇《たたず》み、いつまでも俺たちを見送ってくれる神部を、姫は何度も振り返り、「それじゃあ!」と手を振っていた。

飛行機に乗り込んだあとも、姫はひどく寂しそうな顔をし、じっと窓の外を見つめていた。

「寂しい?」

耳元に唇を寄せ囁くと、姫は俺を振り返り、「そりゃあね」と小さく笑った。

「俺も寂しい」

ちゅ、と軽く彼の耳朶に唇が触れるくらいのキスをして囁くと、姫は完全に俺に向き直り、手を俺の手に重ねてきた。

「何?」

「……そうだよね。佳樹も寂しいよね」

まるで今気づいたかのようにそう言われ、思わず笑ってしまった俺を、「なんだよ」と姫が睨む。

「いや、今まで気づかなかったのかと思ってさ」

「仕方ないだろ。全然寂しそうにみせなかったのは誰だよ」

もう、と俺の手を離そうとした彼の手を、逆にぎゅっと握りしめる。

「離せよ」

「神部もきっと、寂しがってると思うよ」

俺の手を振り解こうとしていた姫が、この言葉を聞き、抵抗をやめた。

「そうだよねえ」

うん、と頷いた彼もまた、俺の手をぎゅっと握り返す。

「……やっぱり三人揃わないと、寂しいよね」

しみじみと――あまりにしみじみとそう言い、深く頷いてみせた姫の手を、俺もそう思う、という想いを込めて、ぎゅっと力強く握ってやる。

指先から俺の気持ちは無事に姫の心に届いたようだ。にこ、と目を細めて彼は微笑むと、

「正月には会えるしね」

自分に言い聞かせるように小さく呟き、俺以上に強い力で手を握り返してくれたのだった。

あとがき

　はじめまして&こんにちは。愁堂れなです。このたびは四冊目のシャレード文庫となりました『3 P《スリーパーソンズ》』をお手に取ってくださり、本当にどうもありがとうございました。

　この『3P』、初出は二〇〇二年十月の個人サイト「シャインズ」（旧題『3persons』）となります。当時の自分内テーマは『愛ある3P』で、初めて二輪差し（笑）に挑戦したお話でした。実はずっとこのお話の続編を書きたいと思っていましたので、今回シャレード文庫様にその機会をいただき、とても嬉しく思っています。本当にどうもありがとうございます！

　書き下ろしの続編は、神部・イン・アメリカ編となりました。本編既読の皆様にも、未読の皆様にも、少しでも楽しんでいただけるといいなあと心よりお祈りしています。

　イラストは大和名瀬先生です。キャララフを担当様にお送りいただいたとき、あまりの素敵さに大興奮し、その後の担当様とのお電話では前半舞い上がりすぎて会話が成り立たなかったほどでした。大大大感激です!!　姫は可愛く、神部は優しい美形さん、佳樹は男らしいハンサムさん、アロイスも山田も、もうもう本当に素敵で!!　……と、また興奮してしまっていますが（照）、お忙しい中、本当に素晴らしいイラストをどうもありがとうございました。ご一緒させていただけて本当に幸せでした！

また、今回も担当のO様には大変お世話になりました。いろいろとご迷惑をおかけし申し訳ありませんでした。これからも頑張りますので、何卒よろしくお願い申し上げます。

最後に何よりこの本をお手に取ってくださいました皆様に、心より御礼申し上げます。『愛ある3P』いかがでしたでしょうか。ちょっと特殊？　な設定で、皆様に受け入れていただけるか、とてもドキドキしています。どうか少しでも楽しんでいただけますように。よろしかったらどうぞ、ご感想をお聞かせくださいませ。皆様のご感想、心よりお待ちしています！

機会がありましたらまたこの三人のお話は、いつか書かせていただきたいなあと思っています。特にアロイスが、あまりにもかっこいいだけに倍哀れで……。よろしかったらリクエストしてくださいね。

次のシャレード文庫様でのお仕事は、来年『北の漁場』の続編をご発行いただける予定です。皆様のリクエストのおかげで続編を書かせていただけることになりました。本当にどうもありがとうございます！　大間で蜜月漁師生活を送る二人の前に、エンの昔の男、ヤクザの井上が現れて……という波乱編です。発行は来年の秋頃とちょっと先になるのですが、こちらもよろしかったらどうぞお手にとってみてくださいね。
また皆様にお目にかかれますことを、切にお祈りしています。

平成二十年七月吉日

愁堂れな

（公式サイト「シャインズ」http://www.r-shuhdoh.com/）

＊毎週メルマガを配信しています。
ご興味のある方は http://m.mag2.jp/M0072816 からお申し込みくださいませ。

3P《スリーパーソンズ》
（個人サイト掲載作品、旧題「3persons」2002年10月）

each and all
（書き下ろし）

愁堂れな先生、大和名瀬先生へのお便り、
本作品に関するご意見、ご感想などは
〒101-8405
東京都千代田区三崎町2-18-11
二見書房　シャレード文庫
「3P」係まで。

CHARADE BUNKO

3P《スリーパーソンズ》

【著者】愁堂《しゅうどう》れな

【発行所】株式会社二見書房
東京都千代田区三崎町2-18-11
電話　03(3515)2311［営業］
　　　03(3515)2314［編集］
振替　00170-4-2639
【印刷】株式会社堀内印刷所
【製本】ナショナル製本協同組合

落丁・乱丁本はお取り替えいたします。
定価は、カバーに表示してあります。

ISBN978-4-576-08126-7

http://charade.futami.co.jp/